新典社選書 101

賀茂保憲女 紫式部の先達

天野 紀代子 著

新典社

目　次

Ⅰ　賀茂保憲女とは？

Ⅱ　『賀茂保憲女集』序文解読

Ⅰ　賀茂保憲女とは？

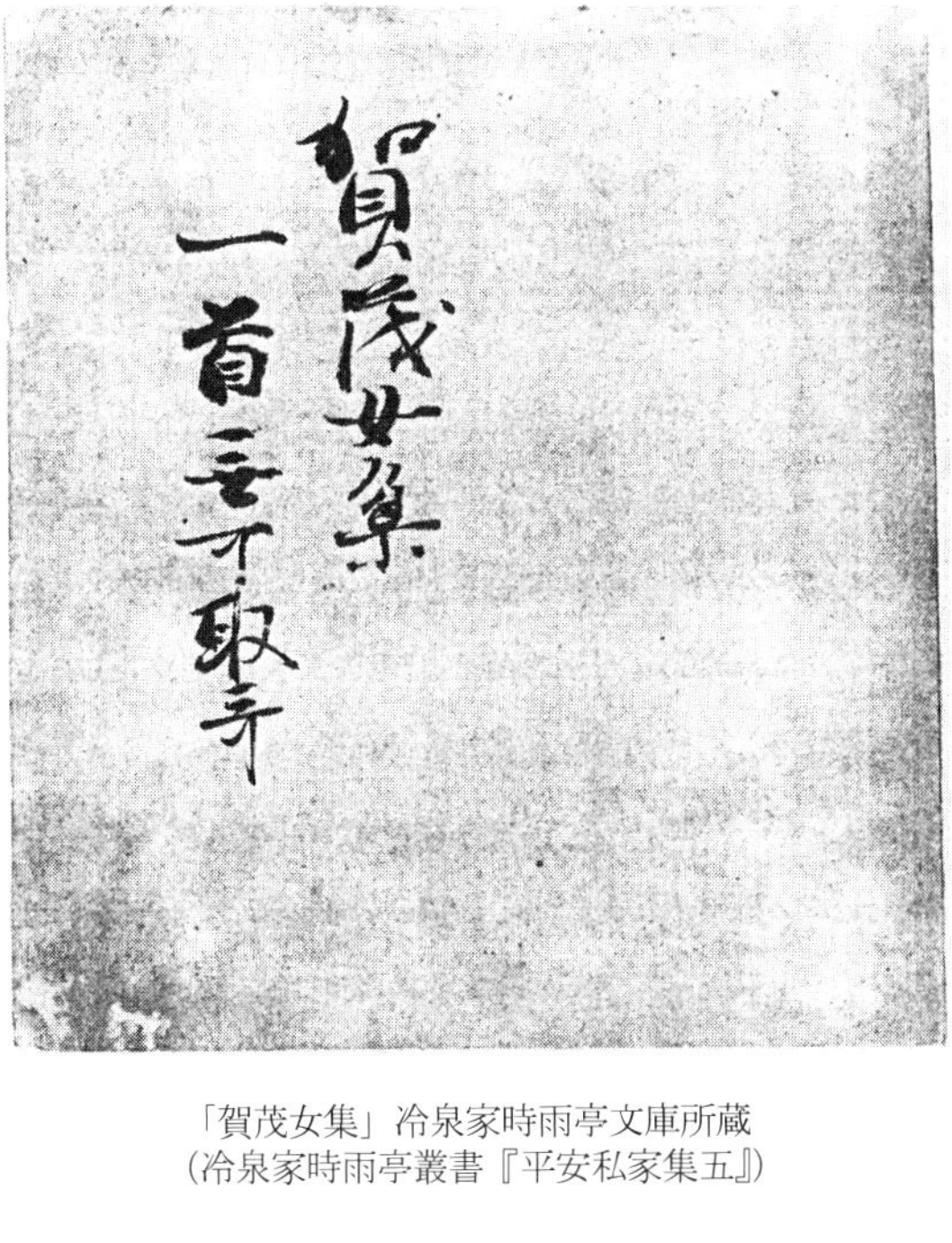

「賀茂女集」冷泉家時雨亭文庫所蔵
（冷泉家時雨亭叢書『平安私家集五』）

十世紀の末、『賀茂保憲女集《かものやすのりじょしゅう》』という、長い序文を冠した歌集を残した女性がいた。自らは「賀茂氏《うぢ》なる女《をんな》」とだけ記し、それ以上の素性は伏せられていたので、同時代の勅撰集『拾遺和歌集』に一首採録されている歌（１１０）も、「読み人しらず」とされている。それから約二百年後の『新古今和歌集』にも一首採られている（１７４４）が、「読み人しらず」のままであるから、平安時代はずっと無名の歌人だった。藤原定家は『賀茂女集』を書写しているが、「歌には一首も取るべきものなし」と記して（冷泉家時雨亭文庫、中扉の図版参照）、作者への関心もなかったとみえる（『新古今和歌集』に一首入っているのは藤原雅経が選んで作者不明として加えたという別の事情があったらしい）。

定家には気に入られず、無名の歌人のままで三百五十年、勅撰集では『風雅和歌集』に至って選ばれた二首（５４９、１０３１）の作者として、初めて「賀茂保憲女《かものやすのりのむすめ》」の名が記される。陰陽家の賀茂保憲の女《むすめ》であれば、名高い慶滋保胤《よししげのやすたね》の姪ではないか。実はこれは、知る人ぞ知る歌集だったのだ。保胤と交遊圏を同じくする藤原為時の娘である紫式部は、この歌集の歌を自らの物語に生かしているし、おそらく作者の名も知っていただろう。また、相模を始めとする何人かの女流歌人が、保憲女の歌に影響されているという指摘もある。百年後の院政期にも、大江匡房をはじめこの歌集を好んだ人たちがいて、集中の歌語を引用した歌がいくつも見出せる。その後ずっと埋もれたままであったこの歌集が注目され出したのは、ここ五、六十年ほどのことだ。それも歌が中心で、長い「序文」は善本がないこともあって難解で、正当に評価されてきたとはいえない。本書はその「序文」を読み解くことが主たる目標であるし、作者像は作品の中にしかないと考えてもいるのだが、とりあえず周辺からでも探り得るところは見届けておきたい。

はじめに、遠巻きに賀茂保憲女に触れた文章三篇を置くことにする。それぞれ単発に書いたもので、最初は一般文芸誌『季刊文科』に書いたエッセイではあるが、『枕草子』や『源氏物語』より前に存在した「仮名散文」の先駆者を、俯瞰しておくためである。次のものは、保憲女の文学環境を知る上で、叔父・慶滋保胤は外せないという意味で、同誌に書いたものを並べた。次の小文「「まれの細道」――賀茂保憲女と紫式部をつなぐ――」は、三十年以上も前に『日本文学』の〈源氏物語を読む〉シリーズで書いたものなのだが、この歌集への接近が『源氏物語』読解とともにあったことを示す足跡でもあるので、少々違和感はあるのだが、ここに採録した（それぞれ多少の手を加え、表記などを整えた）。最後に、人物論としてまとめて「学者の娘の家居の生涯」を書き加えた。

散文へ　はみ出す女流歌人

フランスの日本文学者であるジャクリーヌ・ピジョーさんが、日仏会館の研究員として初めて来日したのは一九六〇年代のことだが、最初の下宿で体験した驚きを話してくれたことがある。さて勉強、と机を整え、目の前に歌仙絵——小野小町の図だったらしい——を掲げたところ、掃除に来た女性が目を留めて、その歌人の歌を口ずさんだというのだ。このような女性まで(フランス人の階層意識はあろう)が、平安時代の歌を諳んじているとは、日本とはどういう国なのかと。

確かに一般庶民が、千年以上も昔の歌人の歌を「百人一首」で耳にした程度には知っているというのは、特殊なことかも知れない。和歌は、その程度には日本人に根付いている文化なのだ。

平安時代、とりわけ『古今和歌集』から『新古今和歌集』までの三百年間は、次々に充実した「勅撰集」が編まれた意味で、和歌の全盛期といえる。「家」の歴史を漢詩集で記録してきたのに倣って、和歌集もまた個々の家で「家集」として編まれ、それが平安時代だけで一三〇編も残されている（『国歌大観』私家集編Ⅰ）。文学史において最も歌の盛んだった時代、しかしこの期を代表する作品は何かと問われれば、『源氏物語』や『枕草子』を挙げるのが普通だろう。これはどういうことか。

和歌の土壌から散文へと、はみ出していった「女流歌人」にこそ注目したい。今どき女流・男流の区別もないものだ、と言われそうだが、この時期に限ってはあるのだ。男たちは歌だけは仮名で書くが、散文は日記のようなものまですべて漢文で書いていた時代。紀貫之が和文で『土佐日記』を書くにあたって、わざわざ女に扮して書いているのはよく知られている。その点、女たちが仮名文字を「女手」として我が物としていたことは大きい。私的な領域に閉じ込められていた仮名表記を、むしろ特権として自由に使いこなしていくのが「女流歌人」たちなのだ。

『蜻蛉日記』の作者は、「私家集」だけでなく公的な屏風歌や歌合にも出詠する評判の歌人だったが、歌だけでは物足りずに「日記」という形で自らの半生を綴った。九七〇年代のことだ。その書き出しには、太政大臣にまでなった男の妻の座はどんなものかと問われれば教えてあげましょう、そう生易しいものではなかったのですよと書いている。現実に体験した様々な思いは、歌も百首余り含んでいるとはいえ、散文で書き表わす他なかった。作者は、宮仕えには出ていないので女房名は持たず、藤原道綱の母と呼ばれる。

この日記から遅れること約二十年、同じく「家居の女」が成した特異な作品がある。和歌二一〇首に対して八五〇〇字に余る長大な「仮名序文」を冠した「私家集」だ。他人との贈答歌をほぼ含んでいないのも特殊で、「序文」の部分は『方丈記』一冊にも相当する分量なのだ。序の最初には、権勢家の妻となった人には語るべき事柄もあろうが、「はかなき八重葎に閉ぢ」込められている境涯には、「日記」に書くべきことなどないから「歌集の序文」という形で書くと宣言している。序の性格上、歌論ふうに展開していくが、そこに自らの思いを込め、考えを述べていくので、随筆というか評論文のようになっている。そして最後に、疱瘡（もがさ）を患っての病床で、書くことによって救われたのが歌集編纂の直接の動機だと記している。このことから執筆の時期は、疱瘡大流行の九九三年の頃であろうと推定されている。歌集の名を、『賀茂保憲女集《かものやすのりじょしゅう》』という。

無名の歌人とはいえ、父保憲は陰陽道の第一人者で、暦博士でもあった。父の弟は陰陽の家を離れて慶滋保胤《よししげのやすたね》と名のり、多くの詩文を残した文人で、「池亭記《ちていき》」（漢文）を書いたことでも知られる。こうした家庭環境は娘の教養には大いに影響したであろうが、それも所詮は男の世界で、彼女自身は宮廷・権門の歌壇とも没交渉で、社会的に無名であることに変わりはない。病中吟のような歌集で父や叔父の名を汚さぬようにとの配慮か、名を伏せて歌集は編まれた

（賀茂氏出身であることだけは記している）。この歌集から『拾遺和歌集』と『新古今和歌集』に一首ずつの歌が採録されているが、どれも「読み人しらず」とされている。
　保憲女の歌は、例えば足早な冬の到来を、

　わたつみに風波高し月も日も 走り舟して冬の来ぬれば

海原を月も日も「走り舟」に乗ってやって来たと表現したり、

　わたつみを波のまにまに見わたせば 果てなく見ゆる世の中のうさ

とも詠む。波立つ大海原を見やると、果てしなく「世の中の憂さ」が広がっているというのだ。歌は現実には見えない心の内の世界を詠み得るものだ、というのが彼女の歌論だ。従って季節に囚われることもない。「序文」には次のような言葉もある。

　冬も、桜心の内には乱る、夏の日にも、心の内には雪かき暗らし降りて、消えまがひなどす冬であっても心の内では桜が乱れ散ることもあるし、夏の日に雪が降り紛うことだってあるのだ。心の内での幻視・幻想を言葉に変えるのが創作というものだという。

また、晴れがましい歌合に召されることもない女としては、「つれづれなる」夕べなどは独りで空想歌合をして心慰めているとも書いている。「あまたの魂を語りきて」とあるから、今は亡き歌人たちも動員してということだろう。過去の名歌などを左右に番えて、「勝ち負けは心一つに定めなどして」明かし暮らすというのだ。勝敗まで自分で判定して独り遊ぶとは、家に閉塞している女の想像力はどこまでも自由だ。この豊かな想像力で、長大な仮名の文章は綴られていった。

しかも、文芸とは灰や水に文字を書くほどに儚いという自覚もある。灰は「煙となりて雲とともに乱るる」し「水に書けば波とともに」消える、と知ってはいるのだ。それが儚い営為と知りながら、どこまでも文章を綴る旺盛な創作欲は、次のようにも描かれる。

仮名文字は空飛ぶ雁に例えられるのが常套だが、

言ひ集むことども、大空を紙ひと枚《ひら》にとりなして、書くというふうに。

この広い大空いっぱいを紙に見立てて、次から次から溢れる思いを記して八千字余りにもなってしまった。相手のある贈答歌を収録する気のない歌集の序に、孤独な女の営みは、歌からはみ出た「仮名散文」となった。仮名で綴る文に手本があるわけではないので、歌語や掛詞など歌の表現を援用しながら、一字一句探るように紡ぎ出された文章。その中には、文芸が現実を超えた幻想の表象であることや虚構の働きまでも自覚した言辞がある。『源氏物語』に至って展開される「物語　虚構優位論」に先んじているともとれる。

『源氏物語』は、歴史書のように事実を羅列しても本当のところは描けない、偽りの「作り物語」にこそ心の襞々までが描けるのだと論じて（「蛍」巻）、虚構の王朝を構えた。歌を仮名文字で表記することを始めた『古今和歌集』からたった百年で、ここまで達成できたのは驚くべきことだ。この道のりに、和歌の伝統とそこからはみ出した女流歌人たちの試みが与っていたことは間違いない。ついでに言えば、『源氏物語』の作者は保憲女の歌集も視野に入れて、一首の歌から大事な場面を創っている。

「浮舟」巻の「常よりもわりなき稀の細道を分けたまふほど」というくだりには、保憲女の歌「冬ごもり人もかよはぬ山里のまれの細道ふたぐ雪かも」が下敷きになっている。京から宇治までの難儀な道のりに雪まで加わり、それを踏み越えて来てくれた匂宮に浮舟は心揺さぶられる。自分の立場を忘れたこの恋が決定的となったことから、自らを断罪し死へと追い詰めていく、そのきっかけが保憲女の表現に拠ったこの場面だったのだ。このような古歌を利用した「引き歌」表現は、『源氏物語』には夥しくある。それればかりか、『源氏物語』自体の中に、登場人物たちに詠ませた歌が七五九首も含まれているのだから、大変な歌人の作った物語だったのだ。和歌全盛の季節にこそ、そこからはみ出していった作者によって、虚構の「仮名散文」は形成されていったといえよう。

日本には一般の人でも古歌を諳んじる文化はあるが、西欧の人が真に驚くのはそこではない。古代ギリシアの壮大な叙事詩を持っている彼等は、万葉集以来の和歌の存在には驚かないのだ。むしろ、歌の土壌から花開かせたフィクションが、千年も昔に創作されたことに驚嘆させられる、と何人もの人から言われた。

（『季刊文科』79　特集〈短歌の伝統、あれこれ〉二〇一九年一一月）

叔父・慶滋保胤

「池亭記」を著した慶滋《よししげの》保胤《やすたね》は、陰陽道で名高い賀茂保憲《かものやすのり》の女《むすめ》からすると、父の弟であるから叔父にあたる。

保胤の生年は分かっていないが、九八二年に成立した「池亭記」に、家を持ったのは「漸く五旬になんなんとして」とあるので、この時を五十歳間近として逆算すると、九三四年ごろの生まれとして間違いないだろう。この姪からすると、十歳と年の離れていない叔父であり、その生涯には驚かされることが多々あった。

ここに、「池亭記」より十年ほど遅れて『賀茂保憲女集』という特異な歌集を残した女流歌人の視点を持ち込むのは、『季刊文科』（二〇一九年秋季号）に、彼女の「仮名散文」について書かせてもらった縁があるからだ。

平安時代を代表する知識人といわれ、『方丈記』に先立つ隠棲文学の祖とも称される慶滋保胤とは、どのような人物だったのか。

（はじめに、登場人物の簡単な系図を示しておく。肝心の保胤と保憲女の生年が正確には判明していないので、この二人は著書の書かれた年時を記す。）

〈賀茂氏　略系図〉

賀茂忠行
- （弟子）安倍晴明（九二一〜一〇〇五）
- 保憲（九一七〜九七七）
  - 光栄（九三九〜一〇一五）
  - 女（九九三年頃『賀茂保憲女集』）
- 保胤（九八二年「池亭記」）
- 保章
- 保遠

文章道に進んで「賀茂」を捨てる

保胤は陰陽家の賀茂忠行の次男として生まれながら、家業の陰陽道を嫌って大学寮の紀伝道に進む。ここは中国の歴史・文学を学ぶコースで、同時に菅原文時（道真の孫）の私塾に入り、すぐに門下の筆頭となった。そうした中で、何時からと明記されてはいないが、賀茂という名字を使わなくなる。

『今昔物語』（九―三）には、慶滋という博士の家の養子になったとあるが、そんな家が存在していたのではなく、自分で勝手に変えたのだ。「賀」も「慶」も同じく「よろこぶ」であり、「茂る」は「滋」と同意であるから、「賀茂」に同じ意味の異字を当てて「慶滋」がいいだろうと思いついた。はじめは筆名としてだけ使っていたのかも知れない。

　平安朝の漢詩文の粋を集めた『本朝文粋』（藤原明衡編、一〇六〇年頃成立）には、「池亭記」をはじめ保胤の「名文」が二十余篇も収められていて、それらの作者名は当然「慶（滋）保胤」であるが、同時代の儒者仲間である大江以言《もちとき》や大江匡衡《まさひら》が彼を語る文中（それも『本朝文粋』にある）では、字《あざな》で「茂能」と書かれたり「賀茂保胤」のままだったりするから、改姓とは受け止められていなかったのかも知れない。「勧学会《かんがくえ》」を始める九六四年の時点でも、保胤は字の「茂能」で、弟は「賀茂保章」と記されている。この弟も兄を追って文章道に進むのだが、九七五年には「慶滋保章」と変えた名字で記載されているから、兄はそれ以前の三十歳代から「慶滋」を名告っていたと思われる。

　密接な繋がりのあった源信が、その著『往生要集』（九八五年成立）に保胤の名を「日本往生伝」の作者として二度挙げているが、そこでは「慶氏」であり「慶保胤」である。「慶滋」の名はその頃には定着していたのであろう。読みは「けい」「よししげ」でよいと思うが、異論を唱える人もいる。

ずっと後の近代になってのことだが、幸田露伴の『連環記』の冒頭は、「慶滋保胤」と書いて「かものやすたね」と読ませる文から始められている。異字同義は承知の上で、もともと賀茂氏だったのだから「かも」と読むべきだとしている。『連環記』が膨大な出典に依っていることは知られているが、直接の引用は徳川光圀の『大日本史』だったという論がある（須田千里「幸田露伴の『連環記』と『大日本史』」）。『大日本史』では「保胤改、姓慶滋《かも》」とルビが付されているのだ。しかし、せっかく賀茂氏を棄てて名字を改めたのだから、「かも」と読む意味はない。

陰陽道を離れ、文章道に進んだのには理由があった。それは、賀茂氏の後継者の問題である。長兄保憲は十七歳ほど年上であるから、保胤が成人する頃には陰陽家として一家をなしていた。おまけに父忠行の弟子・安倍晴明も、頭角を現していた。忠行はこの弟子の才能を早くから認め、陰陽道のすべてを教え伝えたというエピソードが『今昔物語』（二四―一六）に残されている。保憲の長男・光栄《みつよし》はまだ若いが、将来はこの子と晴明に陰陽家を継がせようと見通しは立っていた。賀茂家はその後、天文道は安倍晴明に暦道は賀茂光栄にと分けた継承が定着していく。

次男の出る幕はなかったのだ。それに、歴史や文学を学ぶ方が性に合っている。保胤には、詩文を書く道で成功し、家を興そうという野心があった。後に大江匡房《まさふさ》の著した『続本朝往生伝』（三一）に、「慶保胤」は陰陽家の出だが「独り大成を企てつ」と書かれているように、大いなる志を持って学者として世に出ようと、姓も改めたのだと思われる。

文章生として「勧学会」を主導する

十世紀の時点での紀伝道のコースは、文章博士二人、文章得業生二人の下に文章生が一学年二十人ほど、その下に擬文章生という構成だった。菅原氏と大江氏がこの道を独占するようになっていたので、保胤は文章得業生を目指すことはせず、文章生のまま官途に就く道を選ぶ。官人としては、最初は太政官の書記である「外記」、そののち国司の三等官である「近江掾《じょう》」で現地にも赴き、その後「内記」へと進む（九七八年）。内記とは中務省に属し、詔勅・宣命の起草つまり公文書の作成や、宮中の記録などを司る職である。

そうした、文筆をもって仕える職に就いたのは、学生時代から保胤の文名が知れわたっていたからだろう。先の大江以言の証言でも、「天徳・応和の才子」としては高岳相如《たかおかのすけゆき》と保胤の二人が並び称せられていたという（『本朝文粋』巻九）。九六〇年前後のことだ。

さて九六四年、文章生たちと語らって「勧学会」が始められる。文章生といえば、今なら文学部の大学院生といったところだが、それらの中で志を同じくする者たちを集め、大学の外での勉強会を企てたのだ。保胤は三十歳ぐらい、それより若い二十代の学生たちと、比叡山の仏教徒も誘って、僧俗合同の「法会」を催そうというのである。

一年に二回、三月と九月の満月の日に、文章道の徒二十人と仏教徒二十人が比叡山西麓の寺（一回目は月林寺、二回目は親林寺）を借りて、仏法と詩文とを学ぶ合宿が持たれた。若き儒者たちは紀斉名《きのただな》、藤原有国《ありくに》、高階積善《たかしなのもりよし》、源為憲《ためのり》など仏教を学びたい文学青年たちで、いずれも後の一条朝を代表する詩人たちである。仏教徒の方は、一九八四年になって発見された「藤原忠道筆　勧学会記」によって十五人ほどの名が判明している（後藤昭雄「『勧学会記』について」）。初年度の九月の参加者には、後に天台座主に登った慶円をはじめ、高位に至った僧名も見出される。

「勧学会」の様子は、源為憲が尊子内親王（冷泉天皇皇女）のために書いた仏教入門書『三宝絵』に生き生きと報告されている。九八四年作なので、会が定着してからの様子だろうが、若い内親王に向けて、年中行事の一つとして分かりやすく語っている。まず「比叡山坂本勧学会は学生文人と仏教徒が「法《のり》の道、文《ふみ》の道を互ひに相すすめ習はむ」と始めた会だ、とある。春の行事としては、三月十四日の夕べに僧は比叡山を下り、俗は十四日夜の月光を浴びながら、道中みなで白居易の詩を吟じつつ寺へ向かう。寺に着く頃には、僧もまた声を揃えて『法華経』の中の句を吟じて合流する。十五日の朝は『法華経』を講じ、夕べには阿弥陀を念じ、その後晩に至るまで讃仏の詩を作って、出来た作品は会所となった寺に納める。僧も互いに『法華経』の偈《げ》を誦して夜を明かす、というものだ（『三宝絵』下）。

この催しは、講経、口称《くしょう》念仏、詩の朗詠、誦偈《じゅげ》を主軸とする、まさに声をもってする仏事だった。その昂揚する一体感は、参加者にとって特別なものだったろう。

春・秋二回とはいえ、定まった会所を持たず、その都度転々と寺を借りる不便を解消するために、専用の堂舎を建てたいと、保胤は資金を無心する手紙を何通も書いている（『本朝文粋』巻十二、十三）。仲間たちはみな貧乏で、ただ学びたいだけの集団なので、と喜捨を呼び掛けているが、うまくいかなかったらしい。保胤出家（九八六年）までの二十年間、勧学会専用の堂舎が建てられることはなかった。保胤には志を貫く実行力はあっても、政治力も併せ持つようなリーダーではなかったらしい。

それればかりか、儒者として世に迎えられ詩文で名を馳せても、出世などには頓着していなかった。ある時宮中に出仕する途中、左衛門の陣で泣いている女を見咎め、主人の石帯を紛失して途方に暮れていると知って同情し、自分の帯を解いて与えてしまう。石帯とは、正装の時に袍の腰を締める石飾りの付いた革帯のことで、これがないと保胤自身も参内できず、門の外でうろうろして時間を費やし、揚句そこにいた小舎人の帯を借りて何とか公事に参加したという

（『今鏡』第九など）。これは憐れみ深いエピソードとして伝えられたのかも知れないが、あと先も考えずに施しをするなど、官人として出世しようなどとは考えてもいない処世に見える。

四十歳代になって「内記」に叙せられても、これは六位相当官であるから「殿上人《てんじょうびと》」でさえない。しかしそうした職に就く以前から文名は聞こえていたので、具平《ともひら》親王（村上天皇第七皇子）の読書始めの侍読《じどく》に呼ばれ、それ以来ずっと親王の詩文の師となった。後に保胤が出家した直後、具平親王は長い「古調詩」を師に贈っている（『本朝麗藻』巻下）が、そこには、八歳の頃から十五年にわたって導いてくれた師への恩が最大級に述べられている。親王は和歌にも詩文にも優れ、後には一条朝の詩壇の中心になるような人物だが、その基礎は、信仰の面も含めて、保胤によって築かれたと言っている。

保胤が親王の住む「中務の宮」に通う説話はいくつも残されているが、その教えっぷりを語った話は面白い。「少し教え奉りては、ひまひまに目をひさきつつ、常に仏をぞ念じ奉りける」（『発心集』巻二―三）というものだ。詩文を教える時も、合い間合い間に目をつぶっては仏を念じ、自分の思念の世界に入っていくような人だったと。

また「中務の宮」から差し向けられた馬で通うこともあったが、道中、堂塔はもちろん卒塔婆一本ある処にも必ず馬から下りて恭しく礼拝し、また馬が草を食む所には足を止めて、すべて馬の心にまかせて付き合うので、朝出発しても着くのは夕方になってしまうのだ。待たされている具平親王は、こうした「慈悲深い」師を理解していたのであろう。

「勧学会」の果たした役割を、日本の浄土教成立史の第一頁と捉えたり、貴族の浄土教受容の先駆けになったといわれたりするが、成立時には試行錯誤もあったと思われる。当時は年二回の集まりを、風流韻事のように捉えていた同輩もあったらしい。それを批判しつつ、あくまでも仏道研鑽のための僧俗共同の催しとして継続したのが、保胤の二十年間だった。そして、詩文の巧みさで評判をとっても、マイペースの性格と気ままな生活ぶりは変わらず、妻子はいたらしいが、家を持つことなど考えてもいなかった。

「池亭記」を書きたくて家を持つ

下級官人にとっては、邸宅を構える余裕などない。保胤は五十歳になろうとするまで上東門の他人の家に寄寓し、「永住」など求めていなかった、と「池亭記」に書いている。それが、地代が安い「六条の荒地」に「たまたま小宅」を得たというふうに書き、その土地を得られた経緯には一切触れていない。が、ここに前記の具平親王が関わっていたらしいことを推測しない人はいない。保胤の新居は、具平親王の別邸「千種殿《ちぐさどの》」（六条坊門北、西洞院東）の南に接しているからだ。今でいえば東本願寺の北側に当たる敷地「十有余畝」というのだから、千三百坪ほどあったという。具平親王といえば亡き村上天皇の第七皇子で、政治的な力はないが、広大な敷地を持つ境遇ではあった。九八二年の時点ではまだ十九歳ほどだったとはいえ、少年の頃から師事してきた保胤にそれだけの便宜を図ることは、十分考えられる。保胤は、自分の身分からすると「誠に奢盛なり」と書いている如く、贅沢に過ぎると自覚しながら、ここに思うような家を築こうとしたのは、兼明《かねあきら》親王（醍醐天皇第十六皇子）の「池亭記」を真似たかったからに違いない。

　兼明親王というのは、中務卿といって中務省の長官であるから保胤の上司に当たる皇室詩人だ。幼くして臣籍に降下し、源氏の姓で左大臣にまで進んだが、藤原氏によって職を剥奪された際、その専横への憤懣激怒を「菟裘賦《ときゅうのふ》」に書いたことでも知られる。卓越した文才と孤独文雅な生き方も含めて、保胤の憧憬・畏怖の対象だった。後年『日本往生極楽記』を書いた時、その草稿を携えて兼明親王を訪ねたといわれる。しかし親王の死（九八七年）によって、添削の業は未完に終わったという。

　その兼明親王がまだ四十代の九五九年に、白居易の「池上篇」を真似て「池亭記」は書かれた。白居易の詩には、転居した洛陽の地は大きな池のほとりにあって、そこでの退官隠居の理想的な生活が詠じられていた。それに倣って兼明親王は、池のほとりに茅葺きの小亭を築き、俗塵を離れた暮らしがしたいと、その心境を書いたのが「池亭記」だった。保胤にとっては、まだ二十代の文章生の頃のことだ。いつか自分もこのような作品を書きたいと思ったに違いない。そして今、白居易から兼明親王へと続いた血脈に、連なれる時が来たのだ。「池亭」でなくてはならない。「池亭記」という題名が、先に決まっていた。

保胤が得ることのできた六条の地は、高低のない平坦な敷地なので、まず池を穿つ必要があった。その掘った土で小山を築いた。池の西に阿弥陀堂を作り、東に書庫を、北には低い家屋を建てて妻子を住まわせる。菜園と水田は自給自足を試みるつもりか。「春は東岸の柳」を愛で、「夏は北戸の竹」が爽やかにそよぎ、「秋は西窓の月」に書物を開き、「冬は南簷《なんえん》の日」つまり南の軒からの陽ざしを背中に浴びる、と取り込みたいものを総て並べて理想の生活を描いていく。が、言いたいことは「身は朝に在りて志は隠に在る」という生活態度だ。職は内記であるから朝廷に仕えるが、心は俗塵を離れて山中にある如く自由に信仰生活を送る。身は官人、心は隠士を両立させるのが第一の目標だ。書物があれば師も友もいらない。名利を離れた別天地で、独吟・独詠するのが理想だと述べる。住居論が、理想の生き方の表明になっていく。

人と住み家の考察を京都の町の現状から始める『方丈記』が、保胤の「池亭記」を踏襲したといわれる如く、元の「池亭記」は、貴族たちが権勢を誇示して豪壮な家を構えることへの批判から始められている。前半に京の現状や都市計画の破綻を述べて現状批判をした上での、自らの住居論なのだ。全体的に見て、権門への反発の強い文章で、しかも心は遁世者の如くといっても、これを隠棲文学の祖と見做すのはどうか。遁世者の随筆『方丈記』がこの「池亭記」に倣ったらしい痕跡は、形式や語句などに見出されるとはいえ、内容は本質的に別物であろう。

「池亭記」では、家を飾るために巨万を費やしても僅か二、三年しか住まない無駄遣いを強く批判していたが、保胤もこの「池亭」に落ち着いていられる期間は短かった。二年もすると、花山朝の政治の中へ飛び込んで行くからだ。人との交渉は避けての読書・読経三昧どころではなくなる。九八四年、花山天皇が十七歳で即位すると、文章道出身の官僚たちでそれを支える体制が築かれ、大内記の保胤もその一人として積極的に関与していく。若い花山政権は、藤原氏専横による律令制解体を食い止めようとする、理想主義的な政治を目指していた。保胤は主に文筆をもって、新政府の意気込みを「詔勅」で述べたり、天皇周辺の人々の為に「願文」を書いたりしている（『本朝文粋』巻二、巻十二）。

「池亭記」には閑適な暮らしを謳っていたが、もともと保胤は経国の志を抱く官人でもあったし、儒者仲間と心を合わせて奔走する時が来たのも不思議ではない。しかし、花山政権は行き詰まり、花山天皇が藤原兼家一派の陰謀によって出家させられた話は余りにも有名だ。二年足らずで花山朝は終焉の時を迎えることになるが、それを待たずに保胤は嫌気がさしたのか、突然出家してしまう。もちろん、仏教を志向する心は若い頃からで、その志が高まったのは四十歳の頃からだと『日本往生極楽記』の序文に書いているから、本人にとっては突然ではないだろうが、周囲の者には唐突に映った。

したがって、「池亭」に住んだのは四年に過ぎなかった。もともと「池亭記」を書きたかったことが第一で、住まうことに執着はなかったのだ。豪邸を建ててすぐ捨てる人を批判はしたが、自分の家は贅を尽くしたものではないし、もう住まいは問題ではなく先が急がれたのだ。計画的に人生設計する人ではなかった。

このように、現実には保胤の悠々自適の生活はほとんど叶わなかった。しかし「池亭記」に描いてみせた生き方の表明は、後世に影響を与え、『方丈記』もその一つといえる。身近かにいた賀茂保憲女も、この漢文「記」に刺激を受けた一人だった。

出家、「内記の上人」の行状

保胤が法師になろうと家を出たとき書きつけておいた歌、という詞書の付いた、

憂き世をばそむかば今日もそむきなん　明日もありとは頼むべき身か

（『拾遺和歌集』巻二十）

という歌が残されている。出家しようとしたら猶予はいらない、というものだ。

官位を返上して出家したのは九八六年四月、と記録されている（『日本紀略』）が、どこで誰を戒師として出家したのかは明らかでない。源信と親しくしていたので、比叡山・横川であろうというのが大方の見方だが、その記録はない。鴨長明の『発心集』に「頭《かしら》おろして、横川に上り」とあるのは、剃髪してから、その時横川にいた増賀《ぞうが》に教えを乞いに登ったのであって、剃髪の地を示してはいない。おそらく自度（私度）であろうという説がある（平林盛得『慶滋保胤と浄土思想』）。民間布教をした市の聖・空也を高く評価し、超俗の増賀「聖」とも共鳴し合うような人物であったから、権威や形式に拘らず、自ら得度したというのは頷ける。その後どこかの時点で、正式に受戒し、法名「寂心」をもらったのであろう。

出家の三か月後、菅原道真を祀る北野天神に献じた願文には「沙弥某」と自称しているから（『本朝文粋』巻十三）、私度僧の自覚だったと思われる。具平親王が保胤に贈った「古調詩」には、遁世した師は都を逃れて岩屋で禅座した、とあるから、しばらくは喧噪を離れた地に坐り、或いは諸国を行脚したであろうことが想像される。

その後、横川で『往生要集』の念仏理念の実践として結成された「二十五三昧会《ざんまいえ》」にかかわり、九八八年には、源信とともに性空上人のいる書写山に詣でて詩を詠じたとされる（「性空上人伝記遺続集」）。以後の足跡は不明で詩文も残っていないが、最後は東山の如意輪寺に住んで、そこで寂したという。没年を長保四（一〇〇二）年十月とするのは、その後に藤原道長が営んだ四十九日の法要の年月日「長保四年十二月九日」から割り出されている。

道長が、名高い「寂心（保胤）上人」の死を悼んで、大々的な法要を営んだことは広く知られている。大江匡衡に、法会で声を上げて読む「諷誦文」を作らせ、施物として晒布百疋を供えたという。匡衡作の文章が残っているが、そこには、脚色たっぷりの飾り言葉で「弟子」は「戒師」の為に恋慕の涙をもって往生を祈る、というような文言がある。ここから「道長は保胤を受戒の師とした」という説が流布したようだが、事実ではない。生前の保胤と道長とに接点はない。追善供養の願主は、「弟子」といっても「白衣《びやくえ》弟子左大臣藤原朝臣」（『本朝文粋』巻十四）と記しているので、白衣（俗人）の弟子であって、黒衣（僧）ではないという意味だ。亡き上人を敬って、俗体ではあるが「弟子」と自称しての追善供養なのだ。一〇〇二年の道長といえば三十七歳、長女を一条帝に入内させて子の誕生を待っている、外戚政治への階段を登り始めた頃である。財力にまかせて追善法要を営んだり、法華八講・三十講など華麗な仏事を（一〇〇五年以降は毎年）営んだことで知られるが、まだ戒を受ける心境ではなかったろう。吉野の金峯山に参詣して経筒を埋納したのも、皇子誕生を祈ってのことなのだ（この時の経筒が発掘されて現在見ることができるのは、道長の直筆日記『御堂関白記』を読むことができるのと合わせて、驚くべきことと思われる）。

もう一つ、『紫式部日記』の一〇〇八年の記事を見ると、道長の具平親王への執着を知ることが出来る。紫式部の父・藤原為時が具平親王の家に出入りする人（家司だったという説もある）だと知って、道長は式部にしきりに親王への口聞きを頼んでいる。もともと道長には尊貴の血縁を望む志向があり、二人の妻も皇孫源氏の娘だ。長男頼通と具平親王の娘（隆姫）を縁づかせたいと企んでいたので、親王家に「心寄せある人」と思われている紫式部は何かと相談を持ち掛けられ、鬱陶しがっている。この縁談は後に成立するのだから、強力な押しがあったのだろう。一〇〇二年の段階でも、道長は具平親王に大いに関心があった。親王が師とした保胤の訃報を聞きおよんで、四十九日の法要を「白衣」の弟子と称して大々的に営んだのは、具平親王にいい顔をしたかったからに違いない。保胤を追慕するのが主旨ではなく、「受戒の師と仰いだ」というのも虚構だ。道長が戒を受けるのは、ずっと後の一〇一九年のことで、病いのために自邸（土御門第《てい》）で天台僧によってなされ、その半年後、東大寺に赴いて僧正・済信によって受戒したという。

少し横道に走りすぎたが、時間を戻して出家後の寂心（保胤）の姿を見ておきたい。源信が、自らの『往生要集』とともに保胤の『日本往生極楽記』も宋国に送ったのは事実らしいが、人物像としては、源信のような学僧とはだいぶ違うようなのだ。説話では法名「寂心」より「内記の上人」という通り名で呼ばれることが多く、一途で慈悲深いが少々滑稽なまでの姿で描かれている。ここに後世に伝えられた説話まで引いてくるのは逸脱のようだが、表の顔だけではない人となりが、そこには窺えるからだ。

例えば、増賀に『摩訶止観《まかしかん》』を習った時のエピソードがある。『摩訶止観』は天台智顗《ちぎ》が講述した法華経の精神に基づいた教えで、平安時代の天台宗で重んじられた。その冒頭の八文字を増賀が「止観《しかん》の明 静《みょうじょう》なること、前代に未だ聞かず」と訓読すると、上人は感激して「ただ泣きに泣く」ので増賀は不機嫌になり、そこを立ち去ってしまった。再び乞うて教えを受けると、また感涙にむせぶ。それが数度に及び、ついに増賀も涙して「誠に深く御法《みのり》の尊く覚ゆるにこそ」と哀れがって、その書を静かに伝授したという（『今鏡』第九、『発心集』第二）。心の乱れを止め精神を集中して仏法を観ずる「止観」の根本を説く冒頭文から、感じ入ったらしい。偽善でも何でもない真からの感涙に、増賀も共鳴したのだと思われる。

この増賀こそ、名利を厭うあまり奇矯な言動をしてそれを逃れた僧で、むしろ「聖」として知られている。大変な学僧だが奇行の逸話が多く、こうしたことのあった後、叡山を下りて多《と》武峰《うのみね》に籠ったまま四十年は出てこなかったという。

『枕草子』の「見苦しきもの」の一つに「法師・陰陽師の、紙冠《かみかぶり》して祓へしたる」という段がある。僧が紙で作った冠をつけて、祈禱や占いや、神職のすべき祓えまでもすることがあったらしい。『紫式部集』（14）でも、法師の紙冠をいやなものと見ている。「内記の上人」が、その紙冠の法師を厳しく咎めた話がある。大声で取りかかって、冠を引き破る激しさだ。仏弟子なのに陰陽師の真似をして占いなどをしていることが許せないのだ。陰陽の家を捨てて今は仏教徒になっている出自からも、過剰に反応したのかも知れない。聞けば妻子を養う為に僧体を隠して糧を求めているという。上人は感涙して、勧進して集めた浄財をすべて与えたという（『宇治拾遺物語』下、『今昔物語』十九）。その他、慈悲の心は禽獣にまで及んだ話も数々ある。激しやすい一途さは、敬愛すべき人物として伝えられたのであろう。

「内記の上人」は十世紀を代表する知識人ではあるけれど、こうした姿は、学僧とか高僧と呼ばれるイメージからは程遠い。官人としても最後まで大内記で、官爵や名誉には頓着しない生き方だった。ただ文筆に生きた、自由な求道者だったのだ。

保憲女に及ぼしたもの、そして後日譚

「賀茂」の名を棄てて、出家に至るまでの叔父の行動を見てきた賀茂保憲女は、その都度驚かされたことだろう。陰陽の家を守り、父も兄も家業を継いでいる博士の家にあって、自らは、宮仕えに出ることも歌合に呼ばれることもなかった〈家の女〉として、保胤の型に嵌らない生き方は、眩しかったに違いない。それに、旺盛な執筆活動。それら漢詩文の作品を、女の身でも読むことのできる家庭環境だったことも大きい。

男だったら「池亭記」を継ぐような漢文を書くのだけれど、女でも、心の内を文章に書き表わすことは可能だろうか。専ら歌を書くのに使われている「女手」という仮名表記を持っているのだから、それで散文が書けるのではないか。

保胤の出家から七年ほど経った九九三年、大流行した疱瘡《もがさ》に罹った病床で、保憲女は決意する。歌壇とも没交渉で家に籠ったまま年老いてしまった自分にも、「私家集」を残すことは可能だ。歌は、今までに作った二一〇首ほどが残されている。それに序文を付けて、思うところ

を綴ってみよう。仮名の文章では『蜻蛉日記』（九七〇年代成立）という先例はあるが、太政大臣・藤原兼家の妻（の一人）になったような「奥様」の回想記なら意味もあろうが、そんな華やかな実人生のない女の「日記」など誰が興味を持とう。歌集の序文の形で、自らの思いや考えを述べていくのが最良ではないか。「仮名序」の先例は『古今和歌集』の紀貫之にあるが、あれは奏覧のための公的な文章なので、あまり参考にはならない。

こうして、四百字詰め原稿用紙二十余枚に及ぶ、分量的に『方丈記』一冊分に相当する「仮名散文」が成立した。約二百年後の鴨長明なら、当たり前のように男でも使った仮名による表現、それが確立していない時代の先駆的な試みだった。

歌集の序であるから「敷島の世の中…」と、歌言葉を使って少々大げさに、日本はあらゆる階層の人々で構成されている中で、「我が身のごと悲しき人はなかりけり」と、自分の境遇を表明することから始める。最初の段落では心情を吐露するのが主で、次いで四季の歌、恋の歌と歌論ふうではあるが人事をともなう具体相を描いて展開していく。「友とする人もなし」とか、身分階層によって定まる社会の不合理にまで言及するのは、「池亭記」からの影響と見ることもできよう。そして、様々な悲しみを慰めるために文学はあるのだ、といっていく道筋は、文章として必ずしも熟してはいないが、先見的で読み応えがある。

保胤はかつて、仏教理念からいうと「花を以て雪と称し、菊を借りて金と号す」見立てのような技法さえ「妄語の咎、綺語の過ち」（『本朝文粋』巻十三）と戒めていた。だからこそ、白居易の「狂言綺語」たる詩作を反転させて讃仏詩を作ることで仏法讃嘆の機縁にする、という考えを見習って、「勧学会」の運動をしてきたのだった。しかし人生最後の十年は、文学はもちろん、総ての文筆とも決別したようだ。一方保憲女は、狂言綺語の罪などやすやすと飛び越えて、見立てどころかフィクションまでも肯定する文学論を、自分の言葉で書いていく。

生きる支えともなりうる文学は、「冬も、桜心の内には乱る、夏の日にも、心の内には雪かき暗らし降りて」というように、現実を超えた想像力の賜物なのだと述べる。しかもここに展開した、和歌だけではいい足りない思いの表出は、結果として〈歌の別れ〉になっている。私的な述懐から、歌論の体裁で思考の跡を辿りながら、創作の本質にまで至る長い「序文」は、随筆と呼べばよいのか評論文では言い過ぎか、ともかく時代に先駆けた試みだった。このような「仮名散文」が、『枕草子』や『源氏物語』が書かれる前に、家に閉塞していた孤独な精神から生まれたことに驚かされる。そこに、叔父・保胤の存在が、何らかの働きをしたことは否定できない。

長い「序文」を冠した変則的な歌集を公表するにあたって、父の名・保憲も叔父の名・保胤も伏せて、ただ「賀茂氏《うぢ》なる女《をんな》」の集とだけ書き残したのは、疱瘡《もがさ》に罹った病中吟のような歌集を、不吉に思う人もあろうかと憚ってのことであろう。ともかく、無名の歌人の作品として世に出たのだ。であるから、この歌集から一首の歌を収録した『拾遺和歌集』では「読み人しらず」（110）とされているし、二百年後の『新古今和歌集』でも、「読み人しらず」のまま一首（1744）収録されている。勅撰和歌集に、作者名を「賀茂保憲女」として収められるのは、十四世紀の『風雅和歌集』になってからである。

そんなふうに、誰のものとも知られぬ歌集ではあったが、この「賀茂氏なる女」が誰であるかを知っている人も僅かにはいた。慶滋保胤と交遊圏を同じくする藤原為時の娘である紫式部などは、この歌集を興味深く読んだはずで、後に『源氏物語』「浮舟」巻に、保憲女の〈まれの細道〉の歌を引いた場面を作っているぐらいだ。そして序の部分は、この散文作家には滋養になったことだろう。

勅撰集ではずっと作者名不明とされていても、この歌集は流布していたとみえて、約百年後の院政期には、歌集中の言葉を自らの歌に引用する歌人が何人か現れる。特に『源氏物語』に引用された〈まれの細道〉を引いた歌を二首作っている大江匡房は注目に値する。ここからは、後日譚である。

先きに挙げた、保胤の『日本往生極楽記』を継いで『続本朝往生伝』を著した大江匡房は、大江家の正流を継ぐ学才で、『江談抄《ごうだんしょう》』『江家《ごうけ》次第《しだい》』など多くの著書を残した十二世紀はじめの学者である。その匡房が、自らの家集『江帥集《ごうそちしゅう》』（４４２）と「堀河百首」（１４９０）に〈まれの細道〉も絶えた雪の山里、と詠んでいる。無名の歌集から引いたのではない。彼こそが、この歌集の作者が保胤の姪であることを知っていたのだ。両者は繋げられて認識されていた。

『続本朝往生伝』は、往生者四十二人の伝記で、〔三二〕に「慶保胤」を、〔四二〕に「比丘尼縁妙」を挙げて、生前の行ないから往生すること間違いなしと書かれている。その縁妙とは「賀茂保憲の孫にして、その母は賀茂女と称《い》ひ、殊に和歌に長《すぐ》る。」とある。賀茂女（保憲女）は歌の妙手であって、娘がいたというのだ。あの「序文」では、はかない鳥だって巣立つのに、この私は家に籠ったまま孤独な人生を終えるのかと書かれていたが、通う男はあったのだ。そして女子を儲けていたと、その子の生涯まで匡房は書き残している。

「縁妙いまだ出家せざる前には、監《げん》の君と称《い》ふ。二条関白の侍女にして」と、出家前は、二条関白・藤原教通（道長の三男）に仕える侍女で、女房名は「監の君」だったと。出家してからは、都鄙《とひ》を歩いて人に仏事をすすめ、唱導尼として生きたとも書かれている。こうした晩年は「内記の上人」に通ずる生き方だが、以前は道長の息子に仕えていたなど、保胤には聞かせたくない情報だ。一生を通じて「反藤原摂関家」で生きた保胤だったのだから、姪の娘の勤め先には苦笑させられる。

この稿では、平安時代の知識人・保胤のユニークな生涯を、その姪で特異な歌集を残した保憲女へ繋げて描いてみた。この叔父と姪のそれぞれの才能を、繋げて受け止めていたのが、院政期の碩学だったことは興味深い。

（『季刊文科』83　原題「慶滋保胤　叔父さん」二〇二一年一月）

＊「池亭記」は、新日本古典文学大系27『本朝文粋』、『続本朝往生伝』は、日本思想大系7『往生伝　法華験記』の訓みに拠る。文中で示した「論文」の引用書誌は〈参考文献〉（p. 137）参照。

かの人の御気色にも、いとど驚かれたまひければ、あさましうたばかりておはしましたり。京には、友待つばかり消え残りたる雪、山深く入るままにやや降り埋みたり。常よりもわりなき稀の細道を分けたまふほど、御供の人も泣きぬばかり恐ろしう、わづらはしきことをさへ思ふ。

（「浮舟」巻、小学館全集本『源氏物語6』）

『源氏物語』の終幕は、過去をたち切って生きようとする浮舟によって閉じられる。しかし出家者として歩き始めながらも、小野の里が雪で閉ざされると蘇るのは、雪を冒して宇治まで訪ねてくれた匂宮のことであり、それは母や薫への思いとは別種の、ふり払うべき強烈な印象として刻まれている。あの時匂宮に心動かされたのが「けしからぬ」ことだったと回想される、二人の出会いは、物語の上にどのように仕組まれていたのか。浮舟の心を捉えた匂宮の登場の仕方を、冒頭引用の一節に読むことから始めたい。

「かの人の御気色」とは、薫が宮中での詩会で浮舟を偲ぶ吟誦をしたことを指し、それに刺激された匂宮は心穏やかではいられず、無理な算段をして宇治に赴くくだりである。匂宮にとって二度目の浮舟訪問は、二月十日を過ぎた頃、京には「友待つ」ほどの雪が、わずかに消え残っていた。雪が梅の花と見紛う程度に枝に残っているのを、友待ち顔だとする表現は、「白雪の色わきがたき梅が枝に友待つ雪ぞ消え残りたる」（「家持集」）に依っている。「友待つ雪」は梅を連想させる消え残りの雪で、春を誘う歌語である。京では僅かだった雪が、山深く入るにつれてだんだん降り積っている。常にもまして難儀な「稀の細道」を分け入るので、供人も泣き出したいばかりに恐ろしく迷惑顔だという。京の「友待つ」残雪と、供人にまで嫌がられる山の深雪の厳しさとが対照されている。ここの表現に引き歌の存在が考えられながら、「友待つ雪に「家持集」の歌が指摘されたのは、小学館全集本の頭注からで、伊井春樹編『引歌索引』にもこちらは記載されているが、「稀の細道」の方は長い間読み過されてきた。ところが最近高田祐彦によって、『賀茂保憲女集』の歌が相当しようと、[1]管見では唯一の指摘がなされた。言われる通り、ここは保憲女の歌のイメージによって創られた、雪深い山道だったのだ。

冬ごもり人もかよはぬ山里の　まれの細道ふたぐ雪かも　（123）[2]

常でさえ人も通わぬ山里の人跡まれな細道を、さらに雪がすっぽりと埋めている光景である。冬の山里は人通りがめったになく、人影まれだが、それを凝縮して「まれの細道」とした言葉の創出は、保憲女の発見で他に例がない。紫式部はこの語を借りて、匂宮が宇治へ向かう道中の困難を設定し、「稀の細道」さえ埋めつくしている雪の中を、それをも越えてやって来たと描いた。「雪ゆゑにせばき山道」（『岷江入楚《みんごうにっそ》』）のせいで難儀なのではなく、雪に埋もれて道さえないのだった。保憲女の歌を前提としないと、最大級の困難を乗り越えて来たことが読めない。さりげなく埋められているこうした表現を、後世がずっと見落としてきたのは、紫式部ほどにも当時の私家集に目を向けてこなかったからであり、特に保憲女の歌などは無視されてきた証拠であろう。

紫式部のほぼ二十年前を生きたこの歌人は、陰陽頭で天文博士でもあった賀茂保憲の娘として生まれ、宮仕えすることも歌壇との交渉もないまま、一生を〈家の女〉として終わった。その晩年に、歌に自己を保った人生の証しとして自選歌集をまとめたのは、世に疱瘡が流行し、彼女もまた罹病した正暦四（九九三）年以後まもなくの頃とされている。「家集」と呼ぶにはあまりに個人的な、他者との交渉を記さない歌集が世に出たのは、学者の家柄ゆえ、兄弟や従兄弟などによってであろうか。陰陽の家から分れて紀伝道に進んだ叔父が、一世の文人慶滋保胤であり、同じく慶滋の姓を名告った従兄弟には、数首の歌を勅撰集に残した歌人もいる。その保憲女の歌が、『拾遺抄』の段階では選者の目にとまっていないとはいえ、『拾遺和歌集』に一首拾われているところを見ると、一〇〇五、六年（彼女はまだ生きていたかも知れない）に人の目に触れていたのは確かだ。ところが『拾遺和歌集』110「今日《けふ》見れば玉の台《うてな》もなかりけり菖蒲《あやめ》の草の庵《いほり》のみして」は、『賀茂保憲女集』（49）の歌でありながら「読み人しらず」とされている。これは本当に作者名が不明だったのか、或いは伏せられていたのかは分からない。『拾遺和歌集』は他にも、有名歌人の詠作であっても作者表記をしない例があるので、この勅撰集の特殊な編集事情によるのかも知れない。いずれにしても彼女の歌は、その後『新古今和歌集』に一首採られるのまで「読み人しらず」とされ、作者名が明記されるのはずっと後の『風雅和歌集』と『新続古今和歌集』においてで、これらすべてを集めても勅撰集入集は五首のみであるから、この無名歌人の歌が顧みられることはあまりなかった。

その無視は今に至るまで続き、岡一男が「彼女の天才は、…軽々に看過すべきでない」と推奨されて[3]からでも、特異な序文への注目以外、歌の価値は見過されているのが現状だ。小町谷照彦が、保憲女に『源氏物語』に通じるものを「直接の影響関係はともかくとして」とされた上で見ておられる[4]のも、その序文の精神からの系譜である。しかし、直接の影響関係があったのだ。紫式部は、確かに保憲女の歌を読み、その言葉のイメージに想像力をかき立てられていた。京から宇治への道のりに、さらに加える雪の難渋さを、保憲女の歌によって設定し、それさえ踏み越えて来る匂宮像を印象づけたのである。保憲女の創った「稀の細道」は、歌語としてはあまり魅力がなかったのか、当時の歌人たちに採用されるところとはならないが、散文作家の心に触れ、物語世界にとり込まれたのである。

この、無名の歌人の歌に目を留めたのは院政期の歌人たちで、中でも大江匡房は「稀の細道」を引いて、次のような歌を作っている。

山里のまれの細道雪ふれば　なほざりならぬ人ぞとひける　（「江帥集」442）

やはり「まれの細道」を埋める雪を冒して訪う人は、「なほざりならぬ人」なのである。大江匡房はこの歌ばかりでなく、歌人保憲女のほとんど唯一の消息も残してくれている。それは慶滋保胤の後を継いで著した『続本朝往生伝』においてなのだが、保憲の孫が出家して往生をとげたという項に、「その母は賀茂女と称《い》ひ、殊に和歌に長《すぐ》る。」とある。(5) 一篇の歌集を残しただけで無名のまま死んでいった彼女が、当時「賀茂女《かものむすめ》」と略称されていたのは、或いは異本によって『賀茂女集』『鴨女集』と呼ばれる系統があるので、その書名からの略称かも知れない。賀茂女は「かもめ」とも読め、この歌人には独り遊ぶカモメに自己を投影した歌がある（4）ことも思い合せられる。そしてほとんど無視され続けた保憲女に、院政期を代表する学儒が注目しているのは、興味をそそられることである。

さて「浮舟」巻に戻ると、雪の山道も厭わず敢行される匂宮の宇治行きは、道中の表現をほとんど持たない薫の場合との、際立った違いを見せている。そもそも初めて匂宮が浮舟を訪ねた時も、恐ろしい木幡山深く馬を走らせる姿が鮮明に描かれていた。薫の隠し据えた先を嗅ぎつけて急ぐ匂宮には、好奇心による胸の高鳴りで、氷を踏みならす馬の足音さえ心細くはないとされる。この初回の訪問の際に示した情熱は、「心ざし深しとは、かかるを言ふにやあらむ」という強い印象として浮舟に受けとめられた。そして今回、雪の中を危険をも顧みずやって来た、思いがけぬ夜更けの来訪に、「あはれ」と心動かされる。これが決定的となって、大君に代る「山里の慰め」として薫に据えられている立場を一瞬忘れてしまう、浮舟の恋が始まってしまった。

さらに橘の小島に渡っても、昨夜雪踏みわけて来た道中の辛苦が話題とされ、匂宮は、〈峰の雪みぎはのこほり踏みわけて　君にぞまどふ道はまどはず〉と迫る。雪も氷も踏み越えてまっすぐにあなたに逢いに来た、浮舟に迷っているのであって雪道に迷ったりしない、というのが匂宮の恋の形とされる。この雪降る島での逗留で、お互いに哀れと思いまさる仲となったことが、浮舟の苦悩を深め、自己を死へと追いつめていく引金となる。つまり、それ以後再び逢うことのない匂宮・浮舟物語の終局へ向かう展開軸がここにあるのであり、雪を冒しての登場こそが、浮舟の悲劇の基点となっている。このように、匂宮の宇治への道を「まれの細道ふたぐ雪」としたことが、この物語空間の構築にかかわり、浮舟の入水に至るドラマを説得力のある構造にした、といえる。保憲女の歌は、読者がそれを踏まえなくては文脈の意味が通じないような「引き歌」ではなく、作者のイメージ源とされ、物語全体の創造にかかわるものとしてあった。

雪にも惑わずやって来るのが匂宮なら、薫は霧に惑う姿で象徴される。それは、舞台が嘆息《なげき》に通う霧深い宇治とされたにとどまらず、薫の人生が霧にさまよう形で展開されるということだ。ここで多用されるのが「霧の惑ひ」「霧の迷い」という語で、この言葉は本来、霧が立ちこめる視覚的な情景を表わす方が一般的であったが、それを霧ふたがる心情に近づけて用いているのが薫の物語の特色である。『源氏物語』でも第一部では、「あさぼらけ霧立つ空のまよひ」

（「若紫」巻）とは、空に霧が立ちわたっている情景であるし、秋の庭を色とりどりの少女が見え隠れする光景を、「霧のまよひは、いと艶にぞ見えける」（「野分」巻）と、華やかに描いてもいる。「霧の迷ひ」は、必ずしも鬱々と塞がる嘆きを伴う語ではなかったが、薫が宇治に足を踏み入れるや、霧に迷う人間像を形づくる。大君への手紙に「いぶせかりし霧のまよひ」（「橋姫」巻）を晴らしたいと訴え、大君は「涙のみ霧りふたがる」心境で対応する。つまり宇治での物語は、霧に隔てられ霧に迷う男女の、出口の見えない心情で覆われていた。ここにも保憲女の歌が思い合わされる。

霧まよふ秋は来にけり　おくれじと思ひて草木いまや色づく　（70）

秋の到来を「霧まよふ秋」が来たと詠う、類例のない歌である。単に霧立つ秋というのではなく、霧に見えなくなってしまう不確かさや心の乱れを込めて、季節の移りゆきが捉えられている。秋を「霧まよふ」と規定する言葉の清新さは、しかし和歌史の上では孤立していて、後に紫式部と同僚女房となった伊勢大輔が、明らかにこの歌から影響を受けたと思われる「霧まよふ」秋の恋歌を残す[6]のみである。紫式部の場合、歌ことばをそのまま引いたのではないが、

「霧の迷ひ」に秋の情景以上の心のありようを込める方法を意識的に用いて、薫の惑いの人生を創る一助にした、とは言えそうである。

いわゆる「引き歌」としてではないが、保憲女の歌を前提とすることでより鮮明に読める設定を、宇治十帖にもう一か所見たい。それは、比叡の山麓小野で、出家者として暮らす浮舟の境遇にかかわる。そこは、世を背いた尼たちの庵であっても、俗世間の波が押し寄せてくる空間として位置づけられている。昔その家の婿であった中将の来訪や、京の噂が耳に達し、そのつど浮舟は涙を紛らわし、ついに薫の手紙を携えて来た実弟に対して、崩れそうになる心をやっと耐えて対面を拒否する。この「ほろほろと泣かれぬ」とある、涙の中の拒否こそが、『源氏物語』の至り着いた最後の境地なのだ。世を背いた出家者の暮しが、必ずしもこの世を離れきれない危うさで、常に涙とともにある姿は、保憲女もまた詠った世界だった。

背けども天の下をし離れねば　いづこにもよる涙なりけり

（177。『新古今和歌集』1742）

出家したとてこの世から離れ切れるわけではないので、どこへ行っても寄せてくる波に涙がこぼれるという。形を変えても、そう簡単に苦しみから脱却できない境遇は、まさに浮舟のものであり、なおかつ後戻りしない意志が示されたのだ。

このように、『源氏物語』と重なる保憲女の歌に出会うと、歌で試みられた言葉の創出やイメージの造型が、散文作家を刺激したに違いないと思わずにはいられない。想像の世界にだけ生きた〈家の女〉保憲女は、散文的な言葉を歌語に仕立て直し、幻想的なイメージに言葉を与えて創る、もう一つの世界で充足した。「霧まよふ」秋の到来を詠った彼女は、冬は「走り舟」に乗って来たとも詠う。眼前に波高い冬の海を描きながら、月日の到来を「走り舟」に幻想するのだ。非現実を見るまなざしは、海には「世の中の憂さ」が果てしなく広がっているのが見えるともいう。〈家の女〉の想像力は、果てなく広がって自由だ。歌集の序によれば、心の内には冬も桜が乱れるし夏だって雪が降り紛う、といっている。これは見立てではなく、フィクションに属することである。言葉に遊び、想像の世界に飛翔することを知っていた保憲女の歌が、その特異性ゆえに和歌史的に孤立していようとも、散文作家が強い関心をもって、自らの創造の糧にしたとしても不思議はない。それはともに、虚構に賭ける精神において呼応している。『賀茂保憲女集』はそれ自体としても魅力的な歌の集だが、『源氏物語』創造の営みに立ち合う上でも、見過せない作品の一つであった。

注

（1）「浮舟物語と和歌」（『国語と国文学』一九八六年四月）
（2）『賀茂保憲女集』の歌番号は、『新編 国歌大観』による。表記は漢字を当てはめた。
（3）「賀茂保憲女とその作品」（『国文学研究』一九五〇年一一月。『古典の再評価』所収。）
（4）「女歌の流れと物語の表現」（『源氏物語の歌ことば表現』一九八四年）
（5）『続本朝往生伝』〔四一〕これによって保憲女の娘が、出家以前「監の君」と称して「二条関白」（藤原教通）に仕えたことが知られる。
（6）「伊勢大輔集」（161、162）
保憲女の歌に、大中臣輔親との贈答として読める歌の指摘があり（藤田明子「賀茂保憲女研究（一）」『国語国文研究』一九六〇年一〇月）、そうだとすると、輔親の娘である伊勢大輔にこうした影響関係を認めうるいくつかの歌があることは、保憲女の歌と紫式部がつながるルートや時期を考える上で、参考になることかも知れない。

（日本文学協会編『日本文学』一九八八年八月）

学者の娘の家居の生涯

平安時代の女流作家がみなそうであるように、賀茂保憲女の生没年は分からないが、「序文」の中に自らを「賀茂氏なる女」と名告って自選歌集を残したことから、作者像を描く資料は多い方だ。そこから、生まれ年も可能な限り推測してみる。

まず、父は高名な陰陽家で、九五〇年ごろから暦博士・陰陽頭・天文博士などを次々に歴任し、公の祭祀や日時決定などを行なうその道の第一人者だった。共に陰陽の家を盛り立てた安倍晴明には神秘的な説話が多く残るが、保憲の方は、入唐僧に依頼して『新修暦経』など中国の新知識を輸入し、著書を著わすなど学者肌の人だったとみえる。最後は従四位上で没している（九一七〜九七七）。つまり、地味だが漢籍の溢れる家に生まれたことが、娘にとっては大きかった。保憲が二十二歳の時（九三八年）に生まれた長男光栄《みつよし》が、いずれ家業を（暦道は光栄、天文道は安倍晴明と分けて）継いでいくことになる。

保憲女はそのすぐ下の妹なのだ。『尊卑分脈』などの系図を見ると、女子を記載する場合は男兄弟の最後に纏めて付記されるのが常で、生まれ順ではない。が、『系図纂要』は江戸時代

〈系図纂要〉

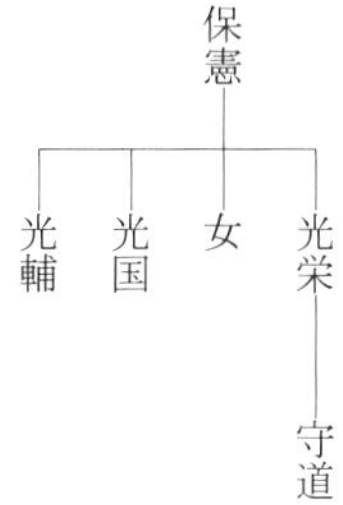

末のものだが、兄弟の中に女子も混ぜて記載しているのは、生年順なのだ（『系図纂要』第十五冊、名著出版）。兄の光栄は暦博士になり、その子守道も暦博士というように、代々家業を継いでいく陰陽道の家が、保憲女の生家だった。

弟の光国は「権天文博士」、光輔は「豊前守」というのが『系図纂要』の情報である。光輔が九八六年に大外記になったことは「外記補任」で知られる。だいたいこれぐらい分かれば十分だ。

ところが、この兄弟の母親を記す欄は「母」とだけあって空白になっている。兄弟の母は一人らしいが、分からない。そして一人の娘以外、まったく女っけのない家庭環境だったことが知られる。保憲女は、男たちの中で育ったのだ。

院政期になって分かることだが、保憲女には娘が一人いて、「監の君」の名で二条関白教通（九九六〜一〇七五）に仕えていた時期があったらしい。出家してからは唱導尼（縁妙）として生き、八十余歳で没したことが、大江匡房の『続本朝往生伝』に記されている。監の君の年齢を教通に近く考える人がいるが、年長の女房であっても構わない。だいたい保憲女が二十代前半に産んだと見て何も不都合はない。以上のすべてを勘案して、保憲女の生年を導き出すと、兄・光栄より五歳ほど下の九四三年ごろが妥当ではないか。これは岡一男以来定説のようになっている九五三年説（疱瘡に罹った九九三年に四十歳ぐらいだったろうと推定して逆算したもの）より十年も早いが、守屋省吾の「九四一年から九五一年の間に生まれた」とする説には当てはまる（三『賀茂保憲女集』と道綱母における私家集纂集の近似性」）。それと、保憲女が罹病した一つ前の疱瘡の大流行の時（九七四年）、彼女が既にだいぶ大人であってほしいというのが、私の読みの根本にあるからで、この推定「九四三年生まれ」を本書の立場として進める。

兄も弟たちも大学寮に入り、算道や紀伝道（文章道）の学科で学んでいく。保憲女はひとり取り残されるのだ。紫式部のように父親から「この子が男でなくて残念だ」と言われたエピソード（『紫式部日記』）は残っていないが、兄弟たちに負けじと漢籍を読むような少女時代であったろうことは、その歌や文章から知ることができる。女の作にしては、漢籍由来の語が多く、「斯かる」「況や」など漢文訓読調の語も目につく。家業からいえば、兄は天文や暦数を学ぶ学科に進んだろうが、弟のひとり光輔は、その後の職歴からいって文章生になったと見え、それが羨ましかったに違いない。叔父の慶滋保胤の活躍を見聞きし、その漢文を読んでもいたので、もし自分が男なら文章生になりたいと思ったはずだ。

やがて兄弟たちは、それぞれに社会的な地位を得て、活躍していく。それに対して自分ひとりは、親の下から巣立つこともできずにいる。その鬱屈が、歌集の序文や長歌で繰り返し述べられていく。鳥だって巣立ち、虫は羽化するのに、それもできない我が身ほど悲しい人はいないという自覚だ。

女には貴顕の妻に迎えとられ、映えある暮しや風雅なことに交わる道もあるが、そんなこともないまま、生家に籠ったまま年を重ねた哀しさ。保憲女は娘を一人儲けているから、通う男はあったのだ。それなのに、子供のことも相手の男のことも、歌集にはいっさい痕跡を残していない。消してしまいたい過去なのだろうか。たとえ妻妾の一人であっても、長く続けば「家刀自」として迎え取られる生活もあったはずだが、そんなこともなかったことを、映えない一生だったとする自己認識。歌は詠んでいたが、歌合に召されるわけでもなく、権門・後宮とも縁がなかったから、能力を発揮する場はないまま、心を通わす友もなく、したがって贈答歌を交わす相手がいないと、しきりに嘆いている。彼女の歌集には「かへし」とだけ詞書のついた歌が二か所あるが、贈歌を寄せたのは何者なのか、「人」としか記さない。或いは贈答ともに自身で作ったのかと疑いたくなるような、贈答歌として並べる意識が希薄なのだ。そうした例外も含んではいるが、保憲女の歌集はすべてで二一〇首、独詠歌で成り立っている。

「私家集」（この分類名は昭和になっての呼称らしいが）というのは、漢詩で家の歴史を残した漢詩集に倣って、家という集団が他者との交渉も、つまり贈答歌も取り込んだ形で家の歌集として残すものだ。であるから『賀茂保憲女集』を「私家集」と呼ぶのは相応しくない。純粋に個人の歌集であり、さらに長い序文を付けた自選和歌集であるという意味で、重ねて特異な存在といえる。

保憲女は、たとえ映えない家庭環境でも、庭の自然は魅力があるし、日本は風光明媚な国土でもあるから、歌を詠むには敵っている。それに優美な日本語と、女には仮名表記もあるのだから、創作する上で何の不足もない。この大空一面を紙に見立てて、いくらでも書き連ねることができる、と旺盛な創作欲を示している。友のいない孤独も、創作が癒してくれるから、老いがなければ人生に不満はないとまで「序文」には記している。今、「年の老いゆくままに」と記した歌集の編纂時は、おそらく作者五十歳の頃だろうと推定できる。一つ前の、疱瘡が大流行した時は三十歳ぐらいで、その時はまだ我がごととは捉えていなかったのではないか。父親も存命で、娘も小さかったからでもあろう。

その疱瘡の大流行というのは、十九年前の九七四年のことだ。その時一条摂政伊尹《これまさ》の息子たちが、一日にして二人ながら亡くなったのは有名な話だ。兄は朝に、弟は夕べに隠れ給うたと『大鏡』（伊尹伝）は伝えている。とりわけ美貌で文才もあり、将来を嘱望されていた弟の少将義孝が二十一歳で命を落としたことは、人々の涙を誘ったし、その時に詠まれた詩句〈紅顔白骨〉は、その後も長く誦詠された。

朝《あした》に紅顔あって世路に誇れども
暮《ゆふべ》には白骨となって郊原に朽ちぬ

（『和漢朗詠集』「無常」793）

朝には紅顔の美少年として世に誇らしげに生きていても、夕べには白骨となって郊外の野に朽ち果てる、と人生の儚さが詠まれている。この詩の作者を『和漢朗詠集』は「義孝少将」本人としているが、自身で白骨となって朽ちたと詠むことがあろうか。この不審を解くために、平安時代末からの注釈は「中陰願文」の題を添えるようになった。では、誰のために書かれた四十九日の願文なのかと穿鑿する注釈書もあるが、摂政の御曹司が十代で、人のために願文など書くのであろうか。第一、内容がぴったりしない。

江戸時代に至って市河寛斎が、この詩の作者を「慶滋保胤」と記している（『日本詩記』巻二十九）のは頷ける。しかし、根拠は記されていないから推測なのだが、人口に膾炙したこの詩句の作者が保胤であったとするのが、一番蓋然性が高い。作者が叔父・保胤であったらなおさらのことだが、保憲女にとってこの時の疱瘡流行が、この〈紅顔白骨〉の詩句とともに心に刻まれたことは想像できる。人ごとではなくなったのだ。そして、義孝が歌人としてすぐれ、残した歌が死後ゆかりの人々によって編まれたことを知る。今に残る、八十二首を収めた「義孝集」である。

後に保憲女自身が疱瘡に罹って、死の淵から蘇った時、何がなんでも歌集を編んでおこうとしたのは、この記憶があったからではないか。幸い命が助かったのだから、自分で纏めておこう。義孝のような有名人でもない女の歌など、死んでしまえば捨てられるのがオチだ。まだ病床にいる時から、根を詰めて序文を書いていると、それを見た家人には遺書でも書いているのかと非難されるので、誰の手も借りずに密かに歌集編纂に励んだと書いている。彼女の歌集は、疱瘡と切り離せない形で誕生したのだ。

その後十年ちょっとの一〇〇六年ごろ、保憲女はまだ生きていたかも知れないが、『拾遺和歌集』が勅撰され、彼女の歌が一首だけ採録される。

今日《けふ》見れば玉の台《うてな》もなかりけり　菖蒲《あやめ》の草の庵《いほり》のみして　（『拾遺和歌集』１１０）

夏の歌の連なりの中に「読み人しらず」として置かれている歌は、五月五日はどの家も菖蒲を軒端に葺いているという、別段変わったところもない歌として並んでいる。作者は、「賀茂氏なる女」と記された歌集からだが、それ以上追跡することもなかったのだろう。無名の歌人として扱われている。しかし『賀茂保憲女集』の「序文」で、人間はもともと平等なのに「玉の台」で暮らす女もいれば、自分のように「草の庵」でくすぶる人生もあると嘆いていた人の歌（歌集４９）として読めば、五月五日の今日だけは高貴な家も粗末な草庵と同じだと見る視線には、独特の皮肉を読み取ることができる。歌だけでなく、そこからはみ出した思いや思想を文章に残したことによって、保憲女の歌集は立体的になっている。

作者の感性・個性が独特であることは、作品そのものから探るしかない。しかし、時代に先駆けて長い散文を書いた特異な才能も含めて、保胤女の作品は、その文学環境あってこそ成立したことなのだ。「池亭記」ならぬ「家居の記」を書くことになった人物像を、周辺からスケッチしてみた。

Ⅱ 『賀茂保憲女集』序文解読

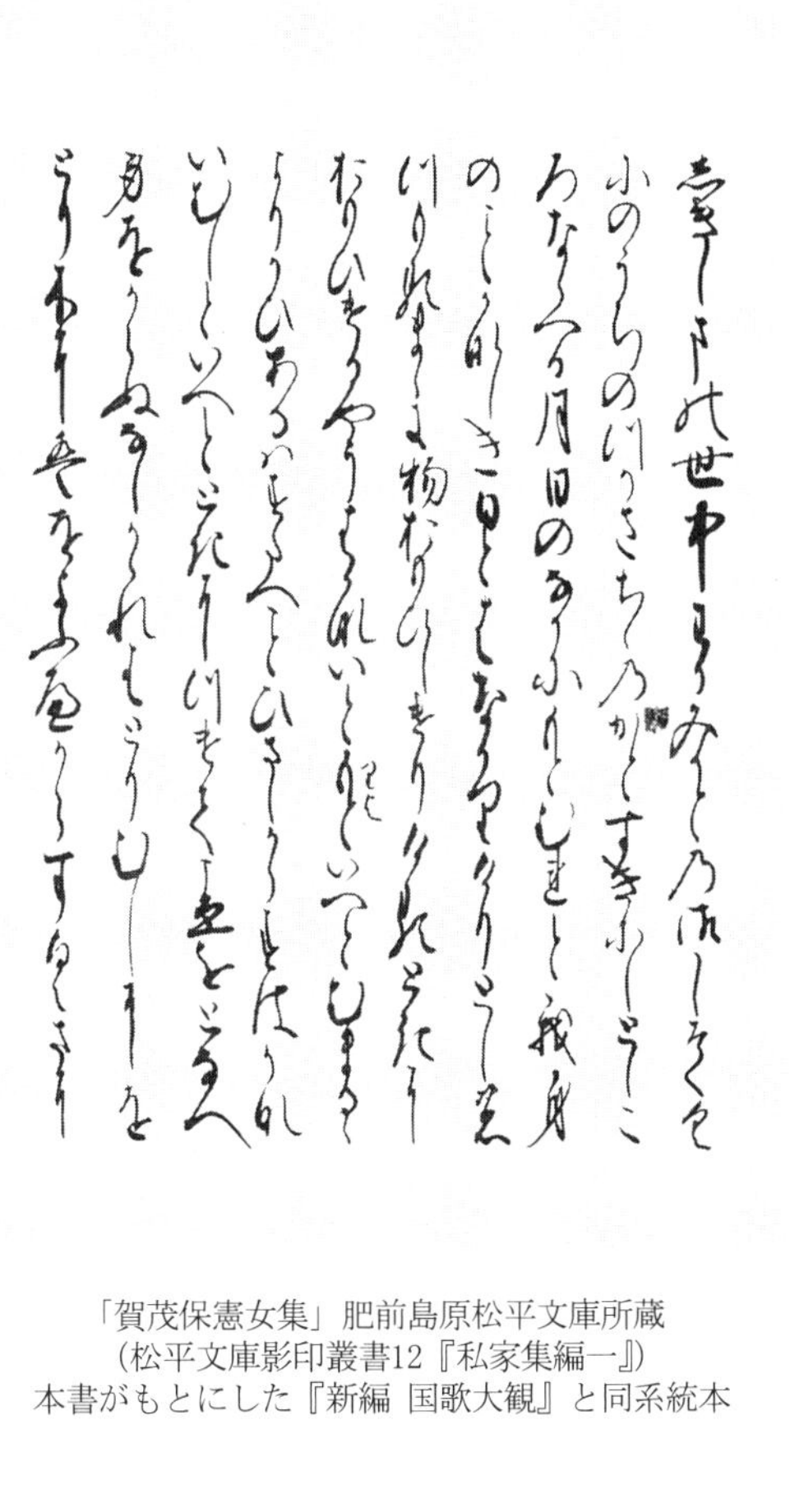

「賀茂保憲女集」肥前島原松平文庫所蔵
（松平文庫影印叢書12『私家集編一』）
本書がもとにした『新編 国歌大観』と同系統本

十世紀の末、ちょうど『蜻蛉日記』と『源氏物語』が書かれた中間に当たる、九九三年のころ、一人の女性が仮名で長い文章を書いた。『賀茂保憲女集《かものやすのりじょしゅう》』に冠された「序文」のことである。平安私家集の中には、冒頭に長めの詞書を置くか巻頭言的な文章を付したものが僅かにあるが、それもせいぜい二百字、三百字程度である。そこに八千字に余る序文を備えた歌集が登場するのは、異例なことだ。

この、『方丈記』の長さにも匹敵する仮名散文を、「エッセイ文芸の先駆」と評価したのは、今から七十年前の岡一男である。[1] しかしその後も、この歌集は善本がないこともあって、広く読まれることはなかった。一九七三年の『私家集大成 中古1』は、流布本と異本系『賀茂女集』の両方が活字化されて有難かったが、難解には変わりなく、一九八五年の『新編 国歌大観 第三巻』(私家集編1)に収録されて、漸く少しは読まれるようになった。稲賀敬二によって大幅に校訂された本文[2]は、玉井幸助の区切り方に拠って四段落に改行が施されたこともあって、よほど読みやすくなったのだ。

本書では、この流布本系の『新編 国歌大観 第三巻』『賀茂保憲女集』の「序文」を現在の表記に直して本文を確定し、解釈していくことを目標とする。意味が通らない部分で、異本系『賀茂女集』(書陵部蔵)の語を当てると読み解ける所は、傍書で(かっこ)内に示し、それを助けとした。

四段落を次のように読んでいき、歌集中に追加された「雑歌」の序も、五として加える。

一 （総序） 悲しい身の上と執筆
二 （四季歌） 季節のめぐりと日本語
三 （恋歌） 恋の種々相、歌の始まり
四 （まとめ） 歌の力、歌集編纂
五 （追加） 雑歌の序文

テキスト作成に当たって、読みやすくするために仮名表記は適宜漢字に改め、読点の位置はそのままとしたが、読点の一部は句点に変えた。また、明らかに衍字と思われる字はカッコ内に入れ、文章の区切れるところは改行し、少しずつ分割して記していく。さらに、検討する語句や注目したい文章には、私に傍線を付して分かりやすくした。

以下の文章は、『賀茂保憲女集』の序に関して過去に発表した二つの論文「歌から散文へ――

『賀茂保憲女集』序を読む――」（『古代中世文学論考　九』二〇〇三年、『源氏物語　仮名ぶみの熟成』所収）と「仮名ぶみによる評論――『賀茂保憲女集』序文――」（『国語と国文学』二〇一三年二月）とを解体・吸収し、大幅に加筆して仕立直したものである。

一（総序）悲しい身の上と執筆

悲しき我が身

敷島《しきしま》の世の中、我が帝《みかど》の御親族《しぞく》、国のうちの官《つかさ》、千々の門《かど》過ぎにし年頃、慣らへる月日の中に求むれど、我が身のごと悲しき人はなかりけり。年の積るままに物思ひしげりける時に、思ひけるやう、はかない鳥といへど、生《む》まるるよりかひあるは、巣立つこと久しからず。はかない虫といへど、時につけて声を唱へ身を変へぬなし。かかれば、鳥虫に劣り、木には及ぶべからず、草にだに等しからず、いはむや人には並ばず。

冒頭に「敷島」といって、「日本の世の中」と大きく語り出す。〈敷島の〉は大和にかかる枕詞として『万葉集』以来多く使われ、『古今和歌集』にも貫之に一首あるが平安和歌には珍しい語で、まして大和にかけずに日本国の意で用いた例としては最も早い方だろう。『後拾遺和歌集』の「仮名序」では、和歌のことを「敷島のやまとうた」といい、後には和歌の道を「敷島の道」と呼ぶようになることを思うと、保憲女が歌集の序文を「敷島」という語から始めたことは意義深い。

日本の世の中は帝（天皇）の親族である皇族や貴族、そして国内の役人たち、それらすべての家の人々、と日本の社会の諸階層をあげ、彼らすべての人の過去を見回しても、或いは自らの人生で見聞した中に求めても、我が身ほど悲しい人はいないというのが冒頭文だ。私家集は自選であっても、巻頭は客観的に三人称で書き起こすのが普通だが、あくまでも一人称で「我が身」を中心に置く。それもあらゆる階層という社会的な広がりの中に、我が身の不幸を見据えているのだ。

年月が積もるままに、物思いが増さる中で思ったのは、と今度は自然界を観察して、取るに足りない鳥だって生まれた甲斐があるのは、すぐに巣立っていけることで、はかない虫でも季節が来れば鳴き、脱皮もしていくではないか。であるから、いつまでも生家に籠ったまま年をとっていく女の身は鳥虫にも劣り、まして草木には及ぶべくもなく、他の人には比べようもないのはいうまでもない。このように、生きとし生けるもののすべての中で、我が身ほど不幸な人はいないという認識だ。外との関わりもなく、生家で年老いていく〈家の女〉(3)の不幸を提示したのが冒頭の文章である。

これは『古今和歌集』の「かな序」ではなく、曽祢好忠の百首歌の序に倣っている。そこには「葎の門に閉ぢられて、出で仕ふることもなき、我が身ひとつには憂けれども」（「好忠集」369番歌以下の序）のような言葉があった。「敷島の三輪の社」という語もあったのだが、これは「大和」を指しているのであって「日本」の意で使われてはいない。曽祢好忠に倣いながらも、最初から保憲女独自の世界へ入っていくこの冒頭文は、歌集の序文というより、随筆とか日記とかの書き出しのようだ。

人間は賢い生き物

ちはやぶる神代より、人をば賢《かしこ》きものにしけるぞ。空を飛ぶ鳥といへども、水に遊ぶ魚《いを》といへども、針を設《まう》け、糸を挿《す》げて、その眼《まなこ》を閉ぢて、深き海といへど、木を窪め、楫《かぢ》を設けて、自ら渡りぬ。すべて数へば、浜の真砂《まさご》も尽きぬべう、田子の浦波も数知りぬべうなむ。

ここは、神代の昔から人間が自然界を征服してきた賢者であることをいう。空飛ぶ鳥や水に遊ぶ魚といっても、人間は釣り針や糸を結んで仕留めることができる。深い海といっても、木を窪めて舟を作り、楫で漕いで自力で渡っていくことができる。人間の賢さをすべて列挙していくと、浜の真砂も尽きてしまうほどだし、田子の浦波もその数を数えきれないほどたくさんある。まず、人間の能力を他の生物との対比で優れているといい、次の男と女の対比に進んでいく前提にしている。

男の生きる道

男女《をとこをんな》、さまに従ひ、朱《あけ》の衣年毎に色勝り、拙《つたな》き松に住む鶴《たづ》は、みの衣年経れど色をかへず。望みは深けれど、谷の底に身を沈むることを嘆き、あるは世を背き、法《のり》におもむいて心を深き山に入れて、蓑を掛けて石の畳に身をかけて、苔の衣、木《き》の葉を坏《つき》にして、松の葉を食ふ。これは齢《よはひ》を保つと聞きたり。さるによりて、戒を保つことの世にこそ身をもやつし、人と等しからね、行く先は露に濡れ、草の上に居、我より上《あが》れりと見し人の、罪の底なるを救はんと、身より賢き人のみ《(みち)》なり。

男も女も境遇に従って生きることになるが、男の中でも、緋色の袍を着るような五位以上の高官は、年ごとに衣の色がまさるけれど、つまらない境遇の緑衣の袍の地下人は、蓑の代用のような粗末な衣が何年たっても改まらない。官位昇進の叶わぬ者は、望みは深くても、谷底に住んで沈淪の嘆きを深くする。ここのくだりも、一向に昇進できない曽袮好忠が「松の葉の緑の袖は年経とも色変るべき我ならなくに」（「好忠集」４２４）と、松葉の緑に寄せて身の不遇を嘆いた精神に連なっている。好忠は九六〇年頃から「百首歌」という形式を創出し、「沈淪述懐百首」などで知られる歌人だ。『賀茂保憲女集』の歌が「初期百首」と呼ばれるこれらの歌の影響を受けているという指摘は既になされている。(4) この「序文」でも、男たちの不遇の表現は、こうした歌に連なるものだった。

男の中には、或る者は世を背き仏法に帰依して心を深い山に入れ、蓑を身に掛け、石畳に身を横たえ、苔の衣をまとい、木の葉を器にして松葉を食べる。これは寿命を延ばす方法だと聞いている。こうして現世では、戒を守って粗末な身なりで人に劣った生活をしている人が、来世では甘美な露に濡れ、蓮の上に坐して、自分より高位高官と見ていた人を罪の底から救い出すのなどは、出自の低い人の賢い生き方といえる。かつて上にいた貴顕が地獄に落ちたのを救ってやるなど皮肉で過激な物言いだが、こうした発言の背後には、明らかに叔父・慶滋保胤の生き方があったと思われる。志高くも卑官に甘んじ、遂には出家を遂げた仏教徒を思い、現世での貴賤が来世では逆転する幻想を、保憲女は持ったに違いない。

女の生きる道

女はかしこき玉の台《うてな》の家刀自《いへとうじ》ともなりて、おもしろきことを時につけて見聞き、はかなき八重葎《やへむぐら》に閉ぢられて、日の光だに稀なりといへども、露の自ら光を見せ、虫の自ら花の色を見せつ。かく様々なることを見れば、我が身の悲しきこと、命は幸ひを定めたらぬ世なれば、さりともと若き頼みに頼みしことを、いま年の老いゆくままに、あはれなることを思へど、卑しきには友とする人もなし、拙きには雅びやかなることなし。

女の人生には、立派な御殿の女主人となって、趣あることを折にふれて見聞きできる人がいるかと思うと、一方では心細いあばら屋に閉じ籠った、日の光さえ射し込むことが稀な暮らしがある。前者は『蜻蛉日記』を著した道綱母がそれに近い境遇であり、後者こそ、葎の家で外界との交渉もなく生きた作者自身のことであろう。そんな、宮仕えすることも、歌合に召されることもない〈家の女〉でも、庭先に露の輝きを見、虫や草は時の移りゆくままに花を咲かせる。そのようなささやかな環境でも、歌の創作はできると言いたいのだ。

こうして様々なことを見ていくと、我が身の悲しさが思い知らされる。命あることが幸いとは定まらない世の中なので、そうではあっても若さを頼んで期待もしていたのだ。それが今、年の老いゆくままに胸しめつけられることを思っても、身が賤しいので友とすべき人もいない。不運な身には、風雅なこともない。老いと孤独が前面に押し出される。

ここでいわれる、身が賤しいゆえに友がいないとする嘆きは、男性文人の口吻に似ている。沈淪の詩を多く詠んだ橘在列《ありつら》には、秋夜の感懐を「家貧しくて親知少なく、身賤しくて故人疎し」と続けた五言詩がある。[5]慶滋保胤の「池亭記」[6]にも、近頃何ひとつ心惹かれるものがないといった後に、人の師たる者も、地位や富を第一に考えるので「師なきに如かず」、友人も権勢や利益をもって結びつくので「友なきに如かず」とあった。名利で結びつく友などいない方がましだとする考えは、俗世への苦さから導かれた結論であろう。こうした男性文人とは違って、もともと家に閉じ籠って孤独に生きるしかなかった保憲女は、嘆老を分かち合う友のいないことを悲しむのだ。

執筆は灰や水に書くようなもの

かかれど心ひとつに嘆きて、朝《あした》には白妙《しろたへ》の衣に、紅《くれなゐ》の時雨《しぐれ》降りしき、夕べには墨染の闇にくれ惑ひて、ある時に、胸に思ひを焚きて、灰に書きつくれば、煙となりて雲とともに乱るる。時には、思ひ流して水に書けば、波とともに乱るるにと、心をばなぐさの浜に寄せ、形をばかひある様にもてなして、おもしろきことを心にこそ思へ、誰にかは言はむ。

そうではあるが、心一つに嘆いて、朝には紅の涙が衣を染め、夕べには墨で染めたような闇にさまよう人生が示される。「朝には、夕べには」という言い回しは、朝と暮とを対照させる常套句だが、保憲女にとっては、義孝少将が若くして亡くなった時の漢詩句「朝《あした》に紅顔あって世路に誇れども　暮《ゆふべ》には白骨となって郊原に朽ちぬ」（『和漢朗詠集』７９３）が念頭にあったのではないか。若い兄弟が疱瘡に罹って一日にして命を落としたことへの思い入れは、「学者の娘の家居の生涯」で述べた。

対句や歌語・掛詞などで、装飾しながら書き進められていく。悲嘆の多い人生とはいえ、ある時には胸に「思ひ」の火を燃やして、書いてみるけれど、それは灰に書くようなもので、煙となり雲となって乱れるだけだし、水に書けば波とともに流れてしまうのに、心を〈名草の浜〉に寄せて慰めるとある。執筆行為とは、灰や水に文字を書くほどに儚いものだという醒めた認識なのだ。虚しいと知りながらも、心慰めながら、言葉を選んで面白いことを心ひとつに思って、誰に受け止めてもらえるわけでもない言葉を紡いでいく。

泥中の花、才能の優劣

珍しき言の葉を言ひ出でたれど、誰か頭《かしら》を傾《かたぶ》け、深き味はひをも知らむ。世になき玉を磨けりと言ふとも、誰か手のうらに入れて、光をあはれびむと思へど、泥《でい》の中に生《お》ふるを、遥かにその蓮《はちす》いやしからず。谷の底に匂ふからにその蓮いやしからず、宮の内の花といへども、咲くことは隔てなし。

東《ひんがし》の山に秋の紅葉《もみぢ》照らず、西の山に春の花開《ひら》けずはこそあらめ、空にすむ月の影、はかなき水に映らずはこそあらめ。大きなる川、小さき川も、波のさま隔てなしと思へど、人より劣れる人の、優れたる才《ざえ》あらはるること難しといへど、人にまさりたる人の、劣りする才は劣りたる言の葉のおもしろきにはあらず。

気の利いた言葉を口にしても、誰が頷いて深い味わいを知ってくれよう。この世にないような玉を磨いても、誰が手の内に入れてその輝きを愛でてくれよう。泥の中に生えていても、蓮が下賤ということはない。蓮の花は、谷の底に咲いていても宮廷に咲く花にも遜色はないのだ。文芸も、身分の貴賤によって優劣をつけるのはおかしい。

東（春）の山に紅葉が照り映えたり、西（秋）の山に春の花が咲かないことがあろうか。空に澄んでいる月影が地上の水に映らないことがあろうか。大きな川も小さい川も波の様子は変わりがないように、自然界に分け隔てはない、といった後で、いよいよ本論に入る。身分が劣った人に優れた才能があっても、それが現れることは難しく、身分高ければ劣った才能で、おもしろくも何ともない言葉でも持ち上げられる。身分階層によって定まる社会の不合理を、こうまではっきり言った文章は類を見ない。先に見た曽祢好忠らによって始められた不遇を訴える「百首歌」に影響されたとはいうものの、彼らが比喩をもって身分社会の現状をいい、沈淪の身を哀嘆するのに対して、保憲女はもっと直截に、劣った才能も、身分あるゆえにもて囃される社会をおかしいと言っている。これは、男性歌人たちの「百首歌」が、多くは訴える先方のある奏状の意味合いで作られている(7)こととの違いなのだ。保憲女の言葉がきっぱりとしているのは、世俗に目的を持たない潔さからであろう。私家集に序文を付すこと自体、公表を意識してはいるが、世間への配慮よりは、純粋に自らの考えを吐露し得ているといえるのではないか。

乱れる思いをそのままに

人の賢きなりといへど、冬の雪いづこのに劣らずと思へど、越《こし》の方のには及《し》かず。鮭《さけ》といふ魚の、冬出でくれば、北へ流るる水すらも友とせり、鵜といふ鳥を冬の河に飼ひて、荒き風に涼むことなし、鷹といふ鳥を夏の野に狩りして遊ぶことなし。松の子《ね》の日、いつも多かれど、夏の野に出でて引かず、あやめ草多かりといへど、春の子の日に引かず。同じく競《くら》ぶる駒といへども、賢きには負けぬ、同じき徒弓《かちゆみ》といへども、的に当らぬは負けぬ、同じき相撲《すまひ》といへども、力弱きには勝ちぬと思へば、いかでか隔てのなからむ。賢きは賢く、幼きは幼く、高きは高く、短きは短く、長きは長うこそあらめと思へば、昔より高う短きを定めとり、時を分きおきたるに、今我が身に乱れる物思ひのままに、告げむ言の葉を、分かでやはあるべきとて、

人はみな賢いとはいうものの、自然界は優れている。冬の雪はどこも同じと思っても、北陸の雪が一番だ。鮭という魚は冬に生まれるから、北へ流れる水ですら友としている。鵜という鳥を冬の川で飼って荒々しい風の中で〈納涼〉することはないし、鷹狩りを夏の野で遊ぶことはない。子の日は一年中何度でもあるけれど、小松を引くのは正月の子の日だけで、夏の野で引くことはしない。菖蒲草はいくら生えていても、それは五月に引くもので、春の子の日に引いたりしない。時節には法則があるのだ。同じように競べ馬といっても賢い馬には負けるし、徒歩で弓を射る徒弓《かちゆみ》という競技でも、的に当たらなければ負けてしまう。同じく相撲でも力の弱い者に

は勝ってしまう。どうして優劣の隔てがないといえようか。優劣はあるのだし、勝負で決まるのは不公平ではない。つまり人間も賢い人は賢く、愚かな人は愚かで、人の貴賤や命の長さ短かさも決まっていることだと思うからこそ、昔より身分の高さ低さは運命と思い知って、時をやり過ごしてきたのだ。けれども今、我が身が思い乱れるままに溢れ出た言葉を、わきまえないことがあろうか、遠慮なく表わしていいのだ。保憲女は、自己の創作活動を肯定する。

優美な日本語、日中比較文化論

ある時は長き夜を明かしかね、ある時は短き日を心もとながり、人知れぬ恋なきにしも、わか《（あら）》ねば、枕定めぬうたた寝のほどに夢覚め、花がすみ露につけ、草葉につけ、鳥虫《とりむし》につけ、ある折には、独り有明の月の、浅茅《あさぢ》が露おきゐて、秋の宵の間に、心のゆかぬところなく、唐土《もろこし》まで思ひやれば、鶴群れゐつつ、独り食《は》む。葦原の中つ国に、なまめかしく、たをやかなる言葉まさり、賢《さか》しく畏《かしこ》きことは、唐土には劣り、山の姿、海のほとり、異《あや》しうかひありて、おもしろしといふ人に会はば、なにはのことにつけざらむ。されど人の心合はずして、をかしきことは少なくして、憂きことは多かり。

ある時は長い夜を明かしかね、ある時は短い日を不安に過ごし、人知れぬ恋をしていないわけでもないので、恋人を夢に見る枕の方向も決め兼ねるうたた寝から醒める。〈うたた寝〉は、苦しい恋をしている証拠なのだ。夜は眠れず、せめて夢で逢えぬかとうつらうつらしては醒めて、花霞や露を見るにつけ、草葉や鳥虫につけても、ある折には独り有明の月を見るまで起きている。秋の宵には尽きぬ物思いにふけり、遠く唐国まで思いを馳せる。眠れぬ夜の思いは、閨怨詩の本場である唐土《もろこし》にまで想像力の翼を延ばすのだ。「もろこし」は、『古今和歌集』でも日本から中国をさす語として使われているが、それに対置する日本を「葦原《あしはら》の中《なか》つ国《くに》」と、記紀でしかお目にかかれない語でいうのが目を引く。大和や日本という国名も既に出まわっていたのに、敢えて葦の生い茂る国土と表現したのは、飛び渡る鶴をイメージしてのことだろう。それも群れから離れた一羽の鶴に自己を重ねての幻想なのだ。遥か異国まで飛ぶ鶴→葦鶴《あしたづ》→葦原の中つ国と連想を辿って、後文に、自然景観の素晴らしい国というのにも繋げていく。

『古今和歌集』の「仮名序」では、初めて漢詩と「やまと歌」を対置して、日本の歌を漢詩の位置にまで高めようと力説していた。漢詩も和歌も同じく物に感動する心を詠むもので、優れている点は一緒だと、共通点を挙げていて、漢語と日本語を比較する視点はなかった。ところが保憲女は、唐土と日本の言葉の違いに注目する。

日本語は、優美でもの柔らかい点では優れているが、理知的で恐れ多いほど賢明な漢語には劣っている。学者の家に生まれ、漢詩文にも接していたからこその感想なのだ。この序文には、仮名の文章としては珍しいほど唐土由来の言葉が使われている。しかし、優美で繊細で心の機微を表現できるのは日本語の方だ、と両者を比較した上で、自分の見解を出している。そのうえ日本には、山の姿や海の景観が不思議と見る甲斐あって、共感する人に会えたなら、言葉を交わさずにはいられない環境だという。けれども、そのような人と心を通わすことができず、面白いことは少なく、つらいことが多いのだ。十世紀末の〈家の女〉が記した、画期的な日中比較文化論を挟んで、結局は、風雅を解する友がいないと結ばれる。

闇夜の錦であろうとも

倭文《しづ》の苧環《をだまき》くりかへし、卑しき心ひとつを千種《ちぐさ》になして、言ひ集めたれば、あるは四十《よそ》文字、あるは二十《はた》文字などして言ひ集めたれば、三十《みそ》文字にだに続くること難きを、とり集むれば、近江《あふみ》の海の水茎もつきぬべく、書き集めば、陸奥の檀《まゆみ》の紙も漉《す》きあふまじく、心に入るる言の葉のあはれなみ(れ)ば、起くと(と)伏すみ思ひ集めたることども、涙に腐《くた》し果ててんと思へど、闇の夜の錦なるべしと思ひて、明け暮れ見れば、水の泡にだに劣れりけり。

流れての世に人に笑はれぬべければ、なほ雁《かり》の涙に落し果ててむと思ふものから、なほ書き集めてけり。

「倭文《しづ》の苧環《をだまき》」は「繰《く》る」を導き、「くり返し」の序詞になっている。何度もつたない心一つを幾つもの言葉に表し集めてみると、あるものは四十文字に余り、あるものは二十文字で足りず、三十一《みそひと》文字に纏めるのさえ難しいのだが、取り集めた歌稿は琵琶湖の水も、そこの水茎（筆）も尽きてしまうほど多く、また陸奥の檀《まゆみ》で漉《す》いた紙も間に合わないほど貯まってしまった。心に込めた思いが哀れなので、起きても伏しても記し留めた言葉は、涙に朽ちさせてしまおうと思うけれど、それでは〈闇の夜の錦〉で誰の目にも留まらず張り合いがないので、明け暮れ見てみると、我が歌は水の泡にさえ劣っている。これが伝わっては後世の人に笑われるに違いないので、やはり空飛ぶ雁の落とした涙のように、露と消えてしまうだろうとは思うものの、そうはいってもやはり、歌は集まってしまったのだ。

〈雁の涙〉は露を見立てた歌語で、「鳴き渡る雁の涙や落ちつらむ」（『古今和歌集』２２１）などと歌われている。そればかりか、雁は手紙や文字を連想させる語でもあるので、雁の涙は露になり歌になって消えたという着地点にもなっている。取るに足りないといいつつも「なほ」

「なほ」と反転させて、書き残した歌を埋もれさせたくない、発表したいという道筋になっている。歌集の序文なら『古今和歌集』のように、歌の本質とか歴史を述べる所から始めるのが普通だが、それらは無視して、この「序文」は我が身の不幸から始められていた。それも全体の中に自己を位置づける視点を持ち、社会の不合理にも言及して、結局孤独を慰めるには歌しかなかったといい、それが集まったといって、長い「総序」の部分は結ばれる。自らの歌への謙遜を述べるのは、公表を考えてのことなのだ。そしていよいよ、歌の論に入っていく。

二　（四季歌）季節のめぐりと日本語

日本は言霊の国

春夏秋冬、四季なり。万世《よろづよ》照らす日《ひ》の本《もと》の国、言霊《ことだま》を保つにこと適へり。おごきなき奈良のみやこの 東《ひんがし》には、万世《よろづよ》のかげ見ゆる鏡の山さやかに澄めり。千年《ちとせ》ふる鈴鹿の関より、越ゆる年の一日よりは、蜑《あま》の栲縄《たくなは》くり返し、千尋《ちひろ》の伊勢の海をうたふ。西は限りなき我が君の御代に住吉の浜、代々《よよ》に枯れせぬ松生ひたり。憂きことは皆忘れ草茂れり、嬉しきことは尽きせぬ葦原に、鶴《たづ》おりゐ、としを積める舟、千々の帆を降ろす泊まりかひある海に、騒がしき波なく、空に晴れたる雲なく、

ここからは、歌集の序にふさわしく、四季の歌に関する解説だ。日本は万世照らす太陽の下の国といい、言霊の宿るにふさわしい国土だという。ここには『万葉集』が意識され、山上憶良の長歌（８９４）や、「柿本人麻呂集」の歌（２５０６、３２５４）にある、〈言霊《ことだま》の幸《さき》はふ国〉が日本だという。が、平安時代にはほとんど使われなくなった「言霊」を、敢えて持ち出すの

はなぜなのか。それは、歳暮から元旦には〈言忌み〉が浸透していたことと関わりがありそうだ。めでたい日には言葉を慎まなくてはいけない。言葉に潜む神秘な霊力は、新年の儀式での祝詞《のりと》や寿詞《よごと》を奏することにも繋がる。年初が「言祝《ことほ》ぎ」から始められるのは、「暦」の家に生まれた作者の「暦的観念」からだという意見もある。[8] 敢えて古代的な言葉の力を掲げて、新年の歌から順々に歌われる光景や歳事が挙げられていく。

まず、動くことのない古京・奈良の東の鏡山からである。鏡山はその名の通りさやかに澄み、千年も経つという鈴鹿の関を越えてくる年は、と古くからの景勝地を並べて、風光明媚な国の新年を描く。年の初めの元旦には、〈蜑《あま》の栲縄《たくなは》〉は「繰《く》る」にかかる枕詞で、繰り返し、広くて深い海である「伊勢の海」（催馬楽）を歌う。京の西には帝の御代にあって住みよいという住吉の浜、そこにはいつまでも枯れない松が生えている。つらいことはみんな忘れさせてくれるという忘れ草（萱草）が生え、嬉しいことは尽きない葦原に鶴が飛来し、とまた葦の生える国土がイメージされる。さらに年《とし》を重ね、稔《とし》（穀物）を積んだ舟が帆を降ろす、その船着き場は穏やかで波もなく、空は晴れわたって雲もなく、というように、のどかな自然が描かれて一年が始められている。

新春の風景

霞たなびき渡り、木草も心をとなへ、鳥虫も声々囀《さへづ》れば、人も喜びをなし、盛りとする春ののどけき池のほとり、花の間と、心のほど爽《さは》らかに、松の立てざま世なれたるに、藤延《は》ひかかり、苔の衣青やかなるに、黒木の橋渡し、白妙の鷺降《お》りゐて、のどかなるに、茜さす緋の色衣、深きも浅きも着たる人参り集まりて、春の方《かた》の、東琴《あづまごと》を、榑《くれ》たし声に調べ、梅が枝に来ゐる鶯などかき鳴らして、万歳楽《まざいらく》など吹き遊ぶ。

霞たなびく春になると、草木も鳥虫も活発になり、人も喜びにわいて、春爛漫の池のほとりの花に囲まれて、心爽やかになり、立ち姿のいい松は見慣れているが、そこに藤が這えかかっている。苔の衣をまとって青々とした地上に、黒木の橋を渡し、白妙の鷺が降りたって、色鮮やかでのどかな風景の中に、緋色の袍を着た人、深い色浅い色と様々な色の袍を着た人々が参賀に集まってきて、音楽に戯れる。ここは新年の光景で、春（東）のものである東琴を、榑《くれ》を切り出すような鄙びた声で奏で、催馬楽の「梅が枝に来ゐる鶯」をかき鳴らし、年の初めの「万歳楽」などを演奏する。「くれたし声」は分からないが、東琴（和琴）には弾き方に決まりもなく調律も自由なので、榑（材木）という語を多用している作者が、勝手に「木遣りの声」

のようにいったまでと解釈しておく。

正月、歯固めと松飾り

内には長筵《むしろ》敷きて、長喪《も》着たる人ぞ寄り来て、頭《かしら》白き翁《おきな》女歯固め、おほした(き)ことを言ひ留めて、鮎の口を慈《うつく》しみ、影も浮かばぬ餅の鏡として、遥けき行く先を見て、神も許さぬ幸ひを、欲しきに従ひて集め狩り、人も許さぬ言の葉を、心のままに楽しむ。また程に合ひては、草の庵《いほり》に久しきつま(まつ)を飾りて、戒をば保たずして、寿を保てる様ども、いつと見志してにはと、身をもち余りて、老いの袋腰に余りて、家刀自待ち喜び、茅野《かやの》の谷にはしく子など呼び遊ぶほどに、やうやう氷融けて、谷の響き多く、落つる水にかほま(かはのみづ)さりて、葦のよは短く、春の日は長くなる。

内裏では長い筵を敷いて、裳を着けた正装の女性たちが集まり寄り添って、白髪の翁や媼が「歯固め」の唱え言葉を言う。歯は「齢」の意味であるから、年齢を延ばし歯を固める行事が正月の恒例になっていた。大根や押鮎や鹿肉など硬めのものを食べるのである。押鮎を頭から食べることは『土佐日記』にも「口を吸ふ」とあった。皆に口を吸われて鮎は変な気を起さぬかと、諧謔的に書かれていた。保憲女は口からの食べ方を「慈《うつく》しみ」の仕草と見て、いとおしむように書いている。そして供え物の鏡餅は、鏡といっても姿は映さないが遥かな先を見透して、と洒落てから、新年の願いごとは神も許さぬほど欲張りだ、と皮肉を込めていう。人も許さぬ言葉というのは、正月には千年万年の長寿を祝って「万代《よろづよ》をまつにぞ君を祝ひつる千《ち》年《とせ》の蔭に住まむと思へば」(『古今和歌集』３５６)という祝儀歌を謡うことがあるからだ。千年もの寿命をお願いするなど許されないだろうと、額面通りにとってふざけているのだ。

また身分に応じて庶民の「草の庵」でも、延命を願って松飾りをするという。これは、正月の松飾りが民間に行われていたことを示す証言として、最も早い例だと思われる。「戒を保たず」「寿を保つ」というのは、身を慎まないが長寿を願う、新年の身勝手な神頼みへの、これまた皮肉である。どこまで長生きするのかと身を持て余している老人の「袋」とは、腰が曲がって着物が袋のようにたぐまった風体をいうらしい。そんな老人が帰れば、家の主婦は待ち受けて喜ぶという光景も点描される。茅野の谷を走り廻っている愛らしい子を呼び遊んでいるうちに、次第に氷も解けて谷の水音高く、川の水は増さっていく。夜は短く、日は長くなって、春も終わりが近づいているのだ。

水ぬるむ晩春

鶴は脛《はぎ》を隠して水袴《みづばかま》着たりと思へり。蜑《あま》は暖けき日を、衣択《え》たりと思へり。波とともに佇みて、磯菜《いそな》摘む。野辺には白妙の褻衣《けごろも》着たる人人、筐《かたみ》をひき下げて、若菜摘む。柳の眉広げたり。花の姿鮮やかなり、貌鳥《かほどり》心のままに遊ぶ。水は鏡に似たれども、何かは恥づかしきことのあらむ。山彦は、呼子鳥の声にしたがふ。声なき蝶は、花の下になづさふ。雁だに、常世を忘れず、散る花宿りを定めず、鶯の羽振《はぶ》きの花を断たずして、暮れゆく春を惜しむ。

鶴はすねまで水に浸かって「水袴」をはいているようだ。海人は暖かい陽を浴びて、衣を得たようだと思う。波に濡れながら磯菜を摘み、野辺では白い普段着を着た人々が竹籠を提げて、若菜を摘んでいる。美しい人は晴れやかにしている。「柳眉」は柳のように細い眉の美しい顔で「広げる」のは「開く」と同様晴れやかな顔つきのことなのだ。花の咲き具合も鮮やかで、貌鳥《かほどり》（カッコウ）は、心にまかせて遊ぶ。水は鏡に似て姿を映すけれど、「かほ」の名を持つ鳥だから、何の恥ずかしいことがあろう。山彦は、呼子鳥の声に応える。ものいわぬ蝶は、花の下に慣れ親しんでいる。雁さえ忘れずに生まれ故郷の常世の国へ帰って行き、散る花は所定めずそこらじゅうに散っている、と暮春の「帰雁」「落花」を点描し、最後は「惜春」で、鶯は羽ばたきで花を散らすこともなくそこに留まり、暮れ行く春を惜しむのだ。

夏、葵祭と田植え

こを人となす鳥は、たつ月を喜ぶ。日をふる雨多かれど、苗代《なはしろ》水に争ふほどに、夏になりぬれば、初めを防ぎし火桶を、むばたまの暗き隅に置きて、鼠の巣になし、風なきあなたに捨てたり。蝙蝠《かはほり》は時に合ひて、薄き衣を裁ち切るとて、ひさぎをまねびて、卯の花白《しら》襲《がさね》ところどころ綻びて、山の端を出づる弓張の、久方の疾《と》く入る影のせしかば《（さをしかは）》、おどろきて、やうやう円居《まとい》る月の桂を、そらものどもと果てに降りて、照る日をも御阿礼《みあれ》とて引く。祝《いは》ふ社《やしろ》の所なく、露の庵《いほり》も変らぬ榊《さかき》さし、木綿襷《ゆふだすき》かけて急がぬ人なく、騒ぐほどに、郭公《ほととぎす》の声、五月雨《さみだれ》なるほどに、かくれ沼《ぬ》、あやめ草をも引きあらはし、浅茅が中の蓬をも漁り出でて、夫《つま》を定めたるこ《（う）》ゑ女ども、誰をこひぢに下りたるにかあらん。

「こ」とは古くは「卵」の意味であるから、卵で産まれて成長する鳥は、月が経つことを喜ぶ。「降る」は「経《ふ》る」でもあるので、日にちが経って降る雨が多い四月になるが、苗代水を急がなくてはといっているうちに夏になってしまったので、年の初めに寒さを防いでいた火鉢を、暗い隅っこに置いて鼠の巣にし、風の吹かない奥に捨てておく。蝙蝠《かはほり》は扇のことで、開くと蝙蝠が羽を広げた形に似ているから、そういうのだという。扇がふさわしい季節になり、薄い衣を裁って衣更えする。「ひさぎ」を植物の楸としては意味が通らず、「ひさぎ女《め》」の「白《しら》襲《がさね》」とすれば、物売り女の衣装となるので理解できる。「白襲」は、薄物の白い衣装で、「白襲をけしきばかりひきかけ」（『枕草子』「見物は」）とあるように夏の衣装なのだ。物売り女がそういういで立ちだったかの確証はないが、「をはらめ」は「白布をかづき」物を頂いて売り歩いたという文献はあるから、それに似たイメージでいいと思う。物売り女を真似て着た、白い衣服のところどころが綻ぶのなどは、いかにも夏を思わせる風物なのだ。山の端を出る弓張月（半月）がさっさと傾いてしまう、その月影に小牡鹿《さをしか》は驚く。次第に満月となっていき、月に生えているという桂の木は空のものだから、終いには地上の桂（川）に降り立つ。

照るお日様までがお生まれになったという御阿礼《みあれ》木を引く、葵祭の神事が行われる賀茂神社が、人でぎっしり埋まるころ、粗末な草庵にも変わらぬ榊を挿し、木綿襷を掛けて皆が急ぎ廻っている。祭りで大騒ぎをしているうちに、ホトトギスの声が聞こえ、五月雨の五月となると、隠れ沼のあやめ草を引く端午の節句となって、浅茅が原の蓬《よもぎ》を狩り集めて軒に挿す。そして五月の田植え神事となる。そこでは、年配の「植ゑ女《うめ》」たちが「濃泥《こひぢ》」に下りて田植えする姿に、一体誰を恋うての「恋路《こひぢ》」なのかとからかっている。「植ゑ女」は賀茂神社など神田に田植えする女性で「早乙女」がふさわしいが、実際には夫持ちの女たちが駆り集められることが多かったのだろう。田んぼの濃《こ》い泥《ひぢ》の中に降り立つのは、一体誰を恋うての恋路なのかと掛詞からの連想で揶揄している。これは神事の形骸化を言ってもいるのだ。

六月、大祓え

濡《そぼ》ちうたうほどに、月日つもること、大幣《おほぬさ》になりゆくは、流るる水に類《たぐ》へ、風に任せて涼み、ひねもすに鳴く空蟬の、露を待つ命、心細く暮らしかねたる夕闇に、飛び渡りたる蛍の光、小牡鹿《さをしか》は照射《ともし》の光に驚く。水に宿れる影を、魚《いを》は怖《お》づ。灯《とも》す夏の水の飾りに、大殿の灯《ともしび》は消えぬ。照る日にも消えぬ氷をも、氷水《ひみづ》といひて、暑し暑しといふほどに、避《よ》けたるに、仄《ほの》かなる夕立に注《そそ》げる雨は、大海《わたつみ》に降る雪の間《ま》のごと、蓮《はちす》の間《ま》よりわづかなる影見ゆる月、こと飽かず見ゆるほどに、龍田姫色を染め分く秋に入る。

五月の雨に濡れながら田植え歌をうたっているうちに月日が経ち、大祓いの大幣を引く六月になって、流れる水に寄り添い、風に吹かれるままに涼み、一日中鳴く蝉が命待つ間の短いほどを、心細く暮しかねている夕闇に、蛍は飛び渡り、小牡鹿《さをしか》は照射《ともし》（鹿などをおびき寄せる灯火）にびっくりしている。水に宿る火影を魚は恐れる。夏の水辺を飾る篝火に、御殿の明かりは精彩を失う。照る太陽にも解けない氷を、氷水《ひみず》にして手をひたし、暑い暑いといって暑さを避けているうちに、仄かに夕立が降る。そのかすかに注ぐ雨は、大海に降る雪のようにあっという間のことだ。蓮の間から僅かに見える月影を飽きることなく見ているうちに、龍田姫（秋の女神）が紅葉を染め分ける秋がやってくる。月は蓮の葉の隙間から僅かに見上げるという、室内からの視点の低さに驚かされる。

「大祓へ」は六月末の行事だから、最初に置かれるのは違うが、神に手向ける大幣を多くの人々が引いて半年間の罪・穢れを祓い除くのは、六月を代表する行事なので、まず挙げたのであろう。そして、暑い盛りの様々な「納涼」の世態が描かれる。その中では、氷を「氷水《ひみず》」にして涼んでいるのが目をひく。冬の氷を「氷室」に貯蔵しておいて夏に用いたのは、宮中など一部だけのことと思われ、『枕草子』には出てくるが、保憲女もこうした「納涼」を体験していたのだ。そうしているうちに、龍田姫によって秋が呼び寄せられる。

秋、七夕とあめつち歌

壇《まゆみ》の紅葉《もみぢ》赤く、木高《こだか》き所所に移ろひ渡りて、あめに譬《たと》ふる七夕の、契れる月日を待ちて、忍びの夫《つま》をもとらずして年経れど、常に飽かぬ言葉を交《か》はし、めづらしくてか、よばひ星の暇《いとま》なく、渡る雲路《くもぢ》の朝《あした》、夕べ馴れずならねば《（はね）》、うきこともなくはず《（く、）》。今はすさまじといふ空もなく、稀に会ふ暁の涙を落したる、露と集めて、うつぶし文を書き始めけるよりなむ、あめつちほしそら《天地星空》といひけるもとにはしける。武蔵鐙《あぶみ》、はじめは《（ふみさだめず）》うつし人は、おのが心の短きをもちて、千年《ちとせ》と契り、数知らぬ言の葉を交はせば、岩木ならねば動《おご》きて、程もなく下紐《したひも》うち解けて、慣れたる姿、繕《つくろ》はぬ貌《かたち》を、玉櫛笥《たまくしげ》、開けくれは、真澄鏡《ますかがみ》、影を並べあひなし。見知る程に、染めし紅《くれなゐ》、あくに返りて、契りし松に波高く、誓ひし言の葉は泡と消えぬれど、七夕はゆゆしとぞ言ふめる。

秋は、マユミの葉が赤く色づいて木々の高いところまで染めていって、天の星に準《なぞら》える七夕の日がやってくる。織女星は約束の七月七日を待って、こっそり男を通わすこともせずに一年を過ごし、やっと逢えた一晩では語りつくせない言葉を交わし、逢瀬など馴れていないことなので、「よばひ星」（流れ星）がひっきりなしに流れても「夜這ひ」の語も知らず、後朝《きぬぎぬ》の別れも馴れていなくて、と恋には無縁な織姫が造型されている。一年に一度しか逢えない牽牛・織女の哀しみに、抒情的な思い入れなどはせずに、むしろ七夕の翌朝の風俗・伝承の方に関心が移っていく。

二星の暁の別れの涙が降り落ちて溜まった朝露を集めて墨をすり、手紙を書く習慣があったという。そうして、「空五倍子文《うつぶしふみ》」（五倍子で薄墨色に染めた紙に書いた文）を書いたことから、「天地歌《あめつち》」が手習い歌として習字の始めに使われたという。四十八字の仮名を重複せずに「あめつちほしそら…」と並べた「天地歌」は、「いろは歌」に先行する手習い言葉として十世紀に流布していた。これを源為憲は「里女の訛り説なり」と退けている（『口遊』九七〇年）し、十一世紀になると「いろは歌」が使われるようになるので、この記事は、「天地歌」を手習いにしていたという、最も遅い頃の証言かも知れない。

「武蔵鐙」は武蔵の国に産した馬具で「ふむ」を導く枕詞だが、「掛く」を導くこともあって、「文」とも関連づけられている。[9] ここは異本系で解釈しておくと、「武蔵あぶみ、文定めずうつし人は」となるので、手紙を書かない現し人、現代人となる。今の男たちは手紙を書かず、自分の心の短さを棚にあげて千年の約束をし、多くの言葉を尽くして言い寄るので、女は岩木ではないので心うごき、程なく下紐を解いてうち解けて、くだけた姿や気取らない顔で、明け暮れ睦びあうことになる。〈玉櫛笥〉（→開く）や〈真澄鏡〉（→影）という美しい枕詞で導いて綴られている。若い二人はお互いを見知っていくうちに、染めた紅も（灰汁《あく》で色あせていくように）飽きてしまい、契った約束も（松を高波が越えるように）心変りして、と対になっている句はどちらも『古今和歌集』の歌が踏まえられている。[10]そして、誓った言葉は泡と消えてしまうのが現実なので、年に一度だけの約束をするなんて七夕伝説は不吉だというのだ。相手が余程の男なら、「七夕ばかりにても」逢いたいと思う常套句はあるが、逆に、始めから七夕の約束をするなど、滅多に来ませんよというに等しいので不吉なのだ。

晩秋、山里に心細げな女

女郎花《をみなへし》たをやけき野辺に、花薄《すすき》うちなびく夕暮れに、旅疾《と》くゆく程に、馬の面《おもて》まことにしも見えねば、望月の駒といふは、関水影《（みゆ）》をればにやあらむ。風の声夜ごとにまさり、虫の声こころすごき山里に、小牡鹿《さを》うち鳴く萩の下葉色づくを眺めて、心細げなる女、はかなく契りし人待つとて、書き連ねたる雁をば、来るかと思ひて、なよ竹の長きよを明かしかねては、春日《はるひ》となけれど入りくるも、緑の色を心にしみて変《かは》りたり。月の光を袖に映しなどす。宵も槌音は高くなり、虫の声をば短くなりまさりて、明け立てば霧立つ野辺に狩りする徒人《あだ》、宿借りなどするに、夜《よう》さりになりにたりとて、菊に綿覆ひて、朝顔に萎《しぼ》める児、翁《おきな》嫗《おむな》に皺延ぶれど、露溜まりゐて、木枯しの嵐に結ぼほれたり。

女郎花がたおやかに咲く野辺に、薄の穂が風になびく夕暮れ、旅人が急いで進む時には馬の顔はまともに見えないが、「望月の駒」ならば関所の水に姿が見えるであろう。これは実景をいうのではなく、月次《つきなみ》屏風の八月の図柄を想像すれば理解できる。屏風に描かれる八月は、信濃の望月の牧場から宮中に献上される馬を、逢坂の関まで出迎えに行く〈駒迎え〉が描かれるのが常で、保憲女も見慣れていたのだろう。関所の水場で馬を休ませている光景をいっていると見る。風の音が夜ごとに増さり、虫の声がぞっとするほど寂しい山里に、牡鹿が鳴き、萩の下葉が色づくのを眺めながら、心細そうな女が、頼りない約束を交わした男を待っている。

この序文の最初は「我が身のごと…」と一人称で書き出されていたが、このあたり「心細げなる女」と、三人称表記になっていた。山里で人待つ寂しげな女を主人公にした、物語ふうな口ぶりである。書き連ねた文字、つまり雁の便りである返事が来るかと待って、長い夜を眠れずに過ごし、（春の陽ざしではないけれど）射し込む日に、木々の緑も心に沁みてすっかり変色してしまっている。寒々しい月光を袖に映したりする。宵になっても砧打つ槌音は高く響き、虫の声は短く微かになっていき、夜が明けると霧立つ野辺に狩りをする浮気者が一夜の宿を借りたりする。こんな所も、いかにも月次屛風の絵柄のようだ。九月九日の前の晩になれば、菊に〈着せ綿〉（重陽の節句の行事）をして、その綿で朝の顔が萎《しぼ》んでいる児や翁・媼の皺を伸ばすが、菊に溜まった露が、木枯しの嵐にむすぼれる季節となっている。秋が深まれば、菊の着せ綿で老いをぬぐうなど、季節の風物は、人間模様を映し出している。

冬の寒さ、新嘗の祭り

きりぎりす（め）の声夜毎《よごと》に弱りゆくままに、物思ふ人は涙の隙《ひま》なくなりぬれば、人は衣《ころも》替《か》ふと急ぐ。木《こ》の葉失へる山は衣《きぬ》なき嘆きをす。霜は朝ごとに置きまさる。白妙の月見る人もなくて、むばたまの炭を起こして、頭《かしら》を集へて物語をして食ひ物に心を入るるほどに、公《おほやけ》私《わたくし》榊葉とり出で、山藍《やまあゐ》して擦《す》れる衣、年ごとに見れどめづらしといふやいかなるぞ。おりかへす馬の散《あか》れば、空も曇らぬ日蔭をかざして、舞ひ遊ぶほどに、ゆふぎ《ママ》り塞《ふた》がりて、山には法師《のりし》斎《とき》絶えて、花ほころびず、里には乏《とも》しき宿に煙絶えて、霞たなびかず、物思ひ紛《まぎ》るることなし。袖の氷を解き侘びて、寝覚めの床の雁の声をあはれがりて、腸《はらわた》をたえて思ひやれることは、暗けれど覚束なからず。明けたてば、振り分け髪の子供、はかなきことを立てたるはがにかかれる鳥、餌《ゑ》に撃たれんことを知らずして、来る人を顧み見る小牡鹿、雪にあはぬ鳥は、雪をよき太布《たふ》と思へり。

きりぎりす（コオロギ）の声が夜毎に弱まっていくにつれて、物思う人は涙にくれるばかりだが、人々は衣更えに忙しい。木の葉が散ってしまった山は衣服が剝ぎとられたと嘆いている。霜は朝ごとに置きまさる。冬の夜は、白い月を見る人もなく、黒い炭を起して炭櫃《すびつ》の周りに集まり、頭を寄せ合っておしゃべりするしかない。その話題は冬を越す食糧を心配してのことで、いかにも生活を感じさせる女たちの会話だ。歌が相手どる領域をはみ出して、歳事の細部や暮らしぶりが描かれている。

こうしている内に、宮中でも民間でも榊葉を手にとる新嘗《にひなめ》の祭りになる。山藍で摺り出した青摺衣《あをずり》（神事で舞人などが着る小忌衣《をみごろも》）は、毎年見るのに珍しく思えるのはどうしたことか。引き返す馬がちりぢりに帰っていくと、空の曇らぬ日影ならぬ日蔭《ひかげ》の蔓《かづら》（神事で頭に飾る組糸）をかざして舞い遊ぶほどに、雪が降りしきってくる。こうなると、山では法師の食事が途絶えてしまう。花が綻ぶこともなく、里では貧しい家でかまどの煙が立つこともない。霞はたなびかず、物思いは紛れることもなく、涙で濡れた袖が凍っているのを溶かすこともできない。〈袖の氷〉は『後撰和歌集』（４８１）に見えている歌語だ。寝覚めの床で聞く雁の声を哀れがって、〈断腸の思い〉で思いやることは、あたりが暗い中でもはっきりしている。夜が明けると、振り分け髪の子供が、ちょっと仕掛けたハガ（鳥を捕まえる装置）に掛かった鳥は、餌として撃たれることも知らない。灯火で照らす人を顧みる牡鹿は、捉えられることを知らず、雪を知らない鳥は、雪をよい太布《たふ》（樹皮の繊維で織った布）だと思っているというように、みな降りかかる運命を知らないのだ。

大晦日の鬼やらい、一年のまとめ

氷に閉ぢらるる魚《いを》は、冬を結べる網と思へり、水脈《みを》にいる網の程において、か《ママ》しうしみかしらにせら《（ち）》れうもて歩くと、騒ぎて、いつしかと親世にあひ見むと待てば、童《わらは》べは疾《と》く鬼死なむと心もとながりて、ここかしこ打ち鳴らして、いつしかとぞ語らふめる。かく時につけて憎からぬ世の中の、命も栄えも衰へずは、何の悲しびかあらむ。されども人のし《（ここ）》ろとて憐れびは、妻子《めこ》なくして、逍遥《せうよう》すとて、春は子《ね》の日とて、野辺に出でて、己が命をば松にあへよと引き延べ、鳥をば殺し、秋をば紅葉見ると、野辺に交じりて、鷹を放ちて狩り漁《すなど》りして、着たるもの狩衣《かりぎぬ》なるにより、常ならぬにやあらむ。されど言ひて何ともいかが憂きはせむ。世を背きたる法師こそは、ものの命を殺さずして、木《こ》の実をのみ（は）こき食へ、それすら欲の法師は食ひななり。かかればなほ、難波津の川の堀江の舟の狭《せば》きなり。蓬莱の山、亀の劫《こふ》をつくすとも、友の打ちける碁の手なり。樵《きこり》の腰なりけん斧《よき》よりも、天《あめ》の下なる世の中は、斧《をの》の柄《え》朽ちぬべうなんありける。

氷に閉じ込められた魚は、それを、冬を結び込めた網だと思っている。氷の中の魚の立場からすると、「冬」を結び止めた網にかかっていると思うなど、保憲女独特の感性だ。そして、澪に張った網の程度によって、（…ここが読めないが）年頭に必要な節料を持ち歩いて騒いでいる人がいるかと思うと、死んだ親にこの世で会えるのは何時かと待っている人もいる。童子は早く鬼が死んでほしいともどかしがって、ここかしこを打ち鳴らして、鬼が退散するのは何時かと語りあっているようだ。ここは不明なところもあるが、大晦日の、亡き人を迎える〈魂迎え〉と〈鬼やらい〉とが、ひと続きに、大人も子供も大騒ぎしている様子が書かれているとみる。

このように、時節につけては好ましい世の中であるし、加えて人の命や繁栄に衰えがなければ何の悲しみがあろうか、という。保憲女は、この国の四季の風物には満足していて、人の命に衰えがなければ悲しみはないという。けれども人の心で不憫に思うのは、妻子もなく逍遥するといって、春は子の日に野辺に出て、自分の命は松にあやかれと小松を引くかと思うと、鳥を殺し、秋には紅葉を見るといって野辺に出かけて鷹を放って狩猟をし、着ているものがそもそも狩衣《かりぎぬ》というのだから、無常なことではないか。人の一年は、延命を願う小松引きから始まるが、鷹狩りで殺生しているのだから、何時までも生きられる命ではない。そうは言っても、何ともつらい人生をどうしたらよいのか。

世を背いた法師だけは、生き物の命は殺さずに木の実だけを食べている、それすら「欲の法師」が食べているということだ。このようであるからやはり、難波津の川の堀江の舟は〈物資の流通で〉狭くひしめきあっているし、蓬萊山の亀の劫ほどの長い時間を生きていても、友の打った碁のようにあっという間だ。「劫」は仏教語だが、囲碁の用語でもあるので、碁に時間を忘れることに繋げている。樵《きこり》が腰に付けている斧よりも短く、この世の中は〈斧の柄朽《く》つ〉ほどの時間も一瞬に思える。これは、山中で仙人の囲碁を見ているうちに、斧の柄が腐るほどの長い時間がたってしまったことのたとえで、中国の故事として有名なものだ。ここのところ、〈蓬萊山の亀の劫〉もそうだが、漢語を利用して格調高くまとめているが、必ずしもこなれた表現にはなっていない。

世の中で人々がしていることは矛盾に満ち、一年はあっという間に過ぎてしまう、というまとめと理解する。

三　（恋歌）恋の種々相、歌の始まり

恋愛の起源

世の中始まりける時、昔は庭たたきといふ鳥の真似をしてなむ、男女《をとこをんな》は定めけるに、草の種なくて生ひけるは、この鳥の教へたりけるになんありける。さてその人の子供広くなりて、賢《かしこ》きは高き人となり、幼きは下衆《げす》君《きみ》と定めける。人はみな同じゆかりなり、されば貴《たか》き賤《いや》しきなぞは鳥にこそあれ、いずれか貴き賤しきあらむ、同じ類にこそあらめとて、貴き女にも賤しき男心をかけ、賤しき女にも貴き男あるべければ、男女の仲を定めわびて、宿世に任せける。またかく同じ人の、異々良くも悪しくもなかりければなむ、幸ひも今に定まらざりける、かの同じ人のごともなかりけり。

世の中創始の時、「庭たたき」という鳥に教えられて、男女の結びつきが始まったという。これは、「神代紀」などにある伝承で、[11]「庭たたき」とは「とつぎをしへ鳥」ともいわれるセキレイの古名で、人間が草の種ではなく繁殖したのは、この鳥が男女の交わりを教えたからだといわれる。そしてその子孫が広がって、賢い人は身分高く、愚かな人は身分低い下衆と定まったので、人はみな、もとは同じ縁者だったのだ。であるから、貴賤などというのは鳥にこそあっても、人間は誰が貴いとか賤しいとかの区別はなかった。賢愚の差はあっても貴賤はなく、みな同類だったというのだ。その証拠に、身分高い女に賤しい男が心を掛けることがあるかと思うと、下賤な女に身分高い男が恋することもあるではないか。男と女の仲を身分で定めることはできず、それは前世からの因縁ということにしている。またこのように同じ人間が、めいめい良くも悪くもなく同類だったので、今の幸・不幸も定まっているわけではないが、現実には同じ人間とは思えぬような差ができているのだ。

歌の始まりを創世神話から説くのは、『古今和歌集』を倣ってのことだろうが、ここで表明された恋愛観は、人は本来同類・平等で、賢愚の差が貴賤を生んだかも知れないが、それも一時的なもので、恋愛には貴賤の隔てはない、というものだ。

歌の始まり

むかし高き卑しきなく、西東なう、春秋伏し語らふにより、常なきことは床永遠《とは》にと言ひける、男の心といふもの、強くありしもせよ、めづらしく、僅《はつ》かなるに志を尽くし、言ひ初むる情けの言葉、たをやかなる雅《みやび》には、なにをかすべきとて、浜の千種なるは、松に難波津といふ歌を続けて、おなじきしゆ《本ノママ》の内とて、大和歌とて詠み交はし、安積山を強ひ出でて、栗津の川に影を並べて住まむといひ、梓《あづさ》の杣《そま》の榑《くれ》に響きては、籬《まがき》の島に、待ち煩ひ、波のかへる毎に、うち侘びて、限りなき深きことを言ひ、遥けき行く先を契れば、あはれを知らぬやうなり、負くるを深きとも見たまへかし。

競べ馬の早うよりと言へば、月のほのかなるに、弓張の押して入れば、いと思はずなりや、ためらひてこそと言へど月夜にひかれて心も寄りぬべければ、ただ海人の刈る藻のこしに手をと言ひて、はかなく乱るる衣の関（だ）を隔てて、玉櫛笥あけゆくを惜しむに、鶏ふた声三声鳴けば、涙うち落して立ち居れば、ことなしびに、暮れもすくせの森、くにの松原にこそあらめとては緑にこそ思へ。

昔は貴賤なく、東西もなく混沌としていて、春と秋とが伏して語らう寝物語から、男女のかけ引きが始まった。「常なきことはとことはに」とは、無常と永遠を対比させて、変りやすいのは「床」（男女の交わり）を永遠にと誓う言葉、とここでは解せる。「とことはに」は「常永《とこ》遠に」の意味で使われる成句なので、それを捻って、永遠の「床」を約束する男の口約束を狙上にあげている。こうした約束をする男の心というものは、強引だったにせよ珍しい例で、普通はほんの僅かな誠意を尽くし、始めは情愛のある言葉に優雅な趣を示すには何をすればいいのかと、色々やってみる。ここに歌を様々に詠み交すことが登場する。まず〈浜の千種〉には、待つを重ねた〈松に難波津〉という言葉を続けるのがいい、と恋歌の作り方を解説していく。お互い同族なので大和歌を交換し、〈安積山〉の歌を心は浅くないと歌いかけ、〈粟津《あはづ》の川〉で逢わないといっていたのに一緒に住もうということになるが、〈梓の杣《そま》の〉榑《くれ》ではないが、暮れになっても木を切る音が響くばかりで男は来ず、〈籬の島〉に待ちわびて、結局女は待たされ、逢えば男は限りなく深い言葉をかけて遥かな将来まで約束するので、女の〈あはれ〉には気がつかないようで、強引さに負けるのが愛情だとご覧のようですよ。このあたり、『古今和歌集』の「父母の歌」から始めて、[12]夥しい古歌を利用して男女の駆け引きが綴られていく。

男は、(競べ馬のように)早く訪ねるといって、月がまだ仄かな時刻に、(弓張月を射るように)押し入ってくる。女は思いがけなかったからか、「ためらひてこそ」趣があるのにと不服を述べても、月夜にひかれて心が傾いてしまうようだから、ただ〈海人の刈る藻〉ではないが、裳の腰に手を廻すので、はかなく乱れてしまう。乱れる〈衣の関〉を隔てて、〈玉櫛笥〉を開けるように夜が明けるのを惜しんでいると、鶏がふた声三声鳴くので、涙を落して立ち尽くしていると、男は知らぬふりをして帰っていく。暮れも〈すくせの森〉の宿世に従って、〈くにのまつばら〉のように永遠に待っていようと、松の緑に末長くと願っている。

男女の生態を描くにあたって、古歌を踏まえて歌言葉を連ね、掛詞で導いて描いていくのは、仮名で長い文章が書かれたことのない時代、とりあえず歌の表現を敷衍した試みと見ることができる。必ずしも、意味の通りを第一とはしていない。歌の恋愛起源説を、理屈ではなく具体的な実態で描くにあたって、それを日常の言葉ではなく、雅語で書かなくては文章ではない、とする苦心を見ることができる。

女の胸の内

心の内には身のつ《（へ）》にもまさりて思へど、上には常なし顔つくるとて、箱の内なる鏡に、浮かべる影を、それかそれかと心化粧をして、待つ夕暮れ、帰る朝《あした》、露けしと言ひて、住むは影をらして、誘《をこづ》り竿《ざを》にかかれることを、悔ゆる煙先に立たず。尽くしし水茎変へること難し。ひと虫を玉と言ひしかど、あまたの文を見も入れず、呉竹のひとだに泊まらず、伏見の里になしつれば、浅茅が原の露しげく、起くと伏すとに沖つ波、荒れたる床に、舟と浮かべる心をば尽くし、宿世を思へば、色なる波立ちぬべうなむ。なほとり浦の蜑なれば、ひと言のあはれなるには、名は印南野《いなみの》の辞《いな》び果てず。飾磨《しかま》に染むるあながちに言へば、かけて《ママ》、奈良の宮この古言となりて、なげきの深山のつ《（へ）》にやなくなる。夏するゑずゑ数ふる時は、何にあふみの、筑摩《つくま》の神を恨みつつ、来ぬ人ゆゑに、ひねもすに恋ひ暮らし、夜も吾が衣を返し、稀なる夢路に魂をあくがらし、ほのかなるかげろふに心を惑はし、した紐の解くるをしるしに思ふほどに、木綿《ゆふ》付け鳥しばしばうち鳴き、夜やうやう明けゆき、日さし出づるまで、朝《あした》の床もの憂く思ほえて、疾く明くれば、明日《あす》とも知らぬ世の中になぞおほして、柄際《つかきは》残りて、言はすれば、無き節にやむすれむ。

男女の場面はまだ続く。心の内では自分の身の上以上に恋しく思うけれど、表面上は何気ない顔をして、箱に収めている鏡に浮かぶ面影を、その人かその人が来るかと緊張して待つ夕暮れ、或いは別れの朝、「涙っぽい」といって男は遠ざかるので、住むのは影ばかりということになり、「誘《をこづ》り竿」つまり、だましの甘言に引っかかったことを悔いてみても、後悔先に立たず。筆を尽くして書いた手紙も取り戻すことは難しい。「ひと虫」は「ひを虫」（カゲロウ）の誤りであろう。蜻蛉を儚い露玉のようにいったけれど、今となっては沢山の手紙は儚いもので、見ることもない。〈呉竹のひと節〉ではないが、ひと夜さえ泊まっていくこともなく、ここは〈伏見の里〉、捨てられた女の臥し処《ど》となってしまったので、〈浅茅が原〉の露ではないが涙にくれて、起きても臥しても〈沖つ波〉が荒れるように荒れ果てた床になってしまった。浮かべた舟の如く、寄る辺ない心を傾け尽したわが宿世を思うと、血の色の涙が波のように立ってしまうことである。やはり私は〈とり浦の蜑〉であるから、ひと言の〈あはれ〉を掛けられると、〈印南野《いなみの》〉の辞《いな》び切ることができない。〈飾磨《しかま》〉は播磨の歌枕で、そこに産する濃い紺色の染料が褐《かち》で、曽祢好忠の歌にもある（『詞花和歌集』２３０）。飾磨で染める褐が「あながちに」を導いている。強引に言い掛ける言葉は奈良の京の古歌となって、〈投げ木の深山〉の辺りに嘆きは消える。

夏も終わりになると今までの男を数えて、何でこのような男と逢ってしまったのかと、〈筑《つく》摩《ま》の神〉が恨めしい(13)。近江の歌枕「筑摩」は、〈筑摩の祭り〉（鍋冠祭）で有名だ。筑摩神社の祭礼では、女たちは関係を結んだ男の数だけ土鍋をかぶって参詣するという。うまくいかなかった恋の数が思い知らされ、今回も苦しんでいる体なのだ。来ぬ人ゆえに一日中恋しく思って暮らし、夜も夜着を裏返しに着てせめて夢で逢えるようにと願い、稀に夢に現れると魂もさまよい出てしまい、ほのかな蜻蛉に心を惑わせて、下紐が解けるのを相手が思ってくれている証拠と思ううちに、木綿付け鳥が何度か鳴いて、夜は次第に明けてゆき、日が射し入るまで朝の床がつらく思われる。早くも夜が明けてしまうと、明日をも知らぬ世の中に何を思ってか、筆の残った部分で手紙を書けば、返事はひと節もなく、心がふさいでしまう。
このあたりの恋の種々相は、想像力たくましく展開させた、ほとんど妄想の世界だ。

大空を紙ひと枚にして

唐錦おもしろしと言へど、つひに絶えでやはある。おもしろき桜、常に散らずは、人に厭はれん。三千年《みちとせ》散らずは、何をかは例《ためし》にせん。鶴《つる》葦原に住まずは、いかでか千年《ちとせ》を数《かぞ》へん。刈萱《かるかや》乱れずは、何をかは嫋《たを》けき名をば残さむ。摺《す》れる衣目馴《めな》れなば、何かは珍しきにはせん。露の命のほど、朝顔のしぼばぬさきにだに戯《たは》れずは、何をかは戯れにはせむと、男は筏《いかだ》のいかにと見あげて、心すきくれを見せ、筏めありとも見せず。横走の関にも障らず、女は池水の言ひ腐《くた》すことを、河竹の葉繁きことには言ひつつ、言ひ集むることども、大空を紙ひと枚《ひら》にとりなして、書くともといふやうなり。

「唐錦」は「裁つ」や「織る」に掛かる枕詞というが、中国渡来の豪華な錦は「おもしろし」の代表として、ここに置かれているように思える。どんなに丈夫で趣きのある唐錦も最後まで破れないことがあろうか、そんなことはない。趣きのある桜も、いつまでも散らなかったなら、人に嫌われるだろう。三千年も散らなかったら、何をはかないものの例としようか。鶴が葦原に住まなかったら、どうやって千年を数えられよう。刈萱が乱れなければ、何をもってしなやかさの代表としよう。山藍などで摺った衣を目馴れてしまったら、何をもって清新で心惹かれるものとしようか。露が置くほどの短い命や、朝顔のしぼまぬ間にさえ戯れをしなければ、どうして恋が生まれよう。「戯《たは》れ」は、「年の若き折、たはれせん」（『梁塵秘抄』426）と謡われたように、色恋にふけることをいう。短い人生、恋に突き進むのがいいのだと、男は筏ではないがいかにと見上げて、心の隙を見せない。筏、杉、榑《くれ》、いかだ目と縁語を繋げて、妻《め》がいることを明かさない男を描く。〈横走の関〉は駿河の関所らしいが、そんな障害にも妨げられずに来るので、女は言い貶《けな》す言葉を、〈河竹の葉〉が繁るほどたくさん言い返す。つまりこれが恋の贈答歌なのだ。こうして集めた言葉どもを、この広い大空を紙一枚に見立てて書いていったものが、この歌集だという。青天に飛ぶ雁の列を文字に見立てた文化はあったけれど、溢れる言葉で広大な空一面を埋め尽くすとは、保憲女独自の感性だろう。

旺盛な創作欲は歌から散文の方に溢れ出てきて止まらない。恋の贈答歌が歌集を成すという一般論を展開していたが、実際には保憲女の歌集は、ほとんど贈答歌を持たない、純粋に個人の独詠歌の世界なのだ。

四　（まとめ）歌の力、歌集編纂

疱瘡《もがさ》から救ってくれた歌

この歌は、天《あめ》の帝の御時に、もがさといふもの起こりて、病みける中に、賀茂氏《かもうち》なる女《をんな》、よろづの人に劣れりけり。ただもがさをなむすぐれて病みける。瘡《かさ》のみにもあらず、多くの病をぞしけると、からうじてこの歌よりなん蘇《よみがへ》りける。そのほど冬のはじめ秋の終りなりければ、草木も風も、やうやう枯れもていく、つれづれなるままに、珍しき病《やまひ》なりとて、この瘡《かさ》の序《そ》病みを書きおければ、病ひ去るごとによくなむ。見ん人、ゆゆしく思ひぬべしとて、いささか色にも出《いだ》さず、ただ心ひとつに思ひて、我が身のはかなきこと、世の中の常ないこと、ながむる夕べ、空に玉とる虫を詠み、ある時は、あまたの魂を語りきて、歌合をして、勝ち負けは心ひとつに定めなどしてぞ、慰めて明かし暮らしける。

ここに集めた歌は、「天の帝の御時に」疱瘡《もがさ》というものが生まれて…とあるのは、疱瘡が初めて日本に伝わったのが聖武天皇の御代だったことをいう。『続日本紀』の天平七（七三五）年の記事が文献の初出だが、この天皇の時に始まった伝染病ということが広く知られていたらしく、少なくとも保憲女は知っていたのだ。聖武帝の時代に生まれた「もがさ」（近代では天然痘）が流行して多くの人が病んだ中で、賀茂氏から出た女が、万事にわたって人より劣っているのに、疱瘡にだけは選ばれて立派に罹ったのだった、とユーモラスにいっている。この時の流行を何時ととるかは、九九三年八月から起こった「疱瘡之患」（『日本紀略』後編九）がもっとも妥当であろうと思われるが、異論もある。五年後の九九八年の「麻疹（赤もがさ）」（今でいう赤痢）説だ。[14]「赤かさ」と書かず、あくまでも本人が「もがさ」と表記しているので、本書では九九三年の流行時とみて進めている。

むしろ十九年前、九七四年に大流行したのも同じ「もがさ」だったことを重視する。その時、少将義孝が兄と共に一日にして亡くなったのはあまりにも有名な話だ。義孝は二十一歳の若さだった。残された歌は、ゆかりの人によって編纂された（今に残る「義孝集」）。保憲女には、この時に聞き及んだことが記憶されていたのだと思われる。今回同じ「もがさ」に罹り、或いは死ぬかも知れない危機を乗り越えたので、強く歌集の編纂を思い立ったのだ。十九年前はまだそこまで老いてはいなかった。今、「年の老い」を自覚する年齢になって、歌集の編纂が急がれるのだ。先に推定した九四三年ごろの生まれなら、今は五十歳ほどになっている。父・保憲の没後一六年、叔父・保胤は七年前に出家していて存命中で、兄光栄は五十五歳である。この歌集は、ほかでもない「賀茂氏」出身の女が書いたものだと矜持を示すものの、賀茂氏「なる」（とかいう）という推定を挟んでぼかしながら、具体的に父の名や叔父の名を明かさないのは、病中吟のようなものを公にして、周りに迷惑をかけたくないとの配慮からであろう。

疱瘡ばかりではなく、多くの病気にも罹ったのだが、かろうじて歌があったおかげで、生き返ることができたという。その流行期は、ちょうど冬の初め秋の終りだったので、草木も凪もしだいに枯れ荒んでゆく頃で、手持ち無沙汰のままに、珍しい病だからと、この疱瘡に罹り始めのことから書き置いたところ、病が去ってみるみる治ってきた。ここに「つれづれなるままに」とあるが、『枕草子』（一〇〇四年頃に入っての成立）の跋文には「つれづれなる里居のほどに」書き集めた文章だと書かれ、おそらく『徒然草』がそれに倣ったことを思うと、『枕草子』以前に、保憲女が「つれづれなるままに」心の内を書くことで病気を克服した、という報告は意義深い。

そして、こんな病床での執筆を、見る人によっては遺言でも書いているのかと不吉に思うかも知れないので、誰にも知られないように心ひとつに秘めて行なった。そして我が身のはかなさや世の中の無常を詠んだり、物思いにふける夕べなどには空を見て、玉（白露）を貫く蜘蛛を歌にしたりする。「玉」から「魂」が連想され、ある時は多くの魂を語らって歌合をするのだという。想像の中の歌合は、死者の魂まで呼び寄せたもので、勝ち負けは自分の心ひとつで判定して、つれづれを慰めていたという。現実の歌合に召されることもなかった〈家の女〉は、独りで空想歌合を催して過去の歌人たちを動員し、左・右に並べて独り遊びをしていたというのだ。後に藤原公任が一人で、古今の代表的歌人三十人の歌を番える「前十五番歌合」（一〇〇八、九年成立）を選んでいるが、そうした企てに先んじての遊びだったのだが、その発想には驚かされる。家に閉塞している女の想像力は、閉ざされているがゆえに伸びやかで、それが先例のない長い文章を書き綴ることにも繋がったのだ。いよいよ、歌集の編纂態度を示してまとめる段階にきた。

冬に桜乱れ、夏に雪降る、文芸は想像力の賜物

見る人は、さもこそ病高しぞらめ、常に呻吟び人《にょびと》なむ、これを好むかはなど言へど、聞き入れず。僅かに薄、菊など植ゑてみんとしけるを、この病につきて、知らぬほどに、菊も枯れにけり。ましてかかることをば、思ひこめてや止みなんや、よろしからむと定むるに、なほ飽かねば、かかることをいかなる人しけん、心もなかりける人かなと言はば、おほよ

その人の名立てなべければ、明かせるなり。題も知らする人もなし、ただ詠まるる時おもしろきにすれば、冬も、桜心のうちには乱る、夏の日にも心のうちには雪かき暗らし降りて、消え紛ひなどすれば、定まることなくて、書き集むる手も定めたらず。端に書くべきことを奥に書き、奥に書くべきことは端に書き、定まることなし。もがさのさかりに、目をさへ病みければ、枕上に、おもしろき紅葉を、人の置いたりければ、思ひあまりて、

　　曇りつつ涙しぐるる我が目にも　なほ紅葉《もみぢ》ばは赤く見えけり

こんな私を見る人は、いかにも病気は重いようだけれども、常に呻吟しているような人の書くものを好む人がいるだろうか等というが、聞き入れもしない。僅かに薄や菊などを植えてみようとしたけれど、この病気に罹っているうちに、知らぬ間に菊も枯れてしまった。ましてこうした歌集編纂を、思いつめてしているのを止めることがあろうか。このぐらいでいいかと定めても、やはり飽き足りないのでしているまとめの作業を、その動機までも序文に書いていることを、一体誰がこんなことをしたのだ、配慮のない人だと非難する人がいたら、世の人の噂になるであろうから、自分自身で公表するのです。

歌集の題も、知らせる人もいない。ただ感興の赴くままに詠むので、冬であっても心の内で

は桜が乱れ散ることもあるし、夏の日に雪が降り乱れて、あたり一面に入り混じることもあるので、季節に囚われることもない。心の内の幻視・幻想をこそ表わすのが文芸なのだといっている。心を託す対象を現実に求めず、心の中の光景を汲み上げるのが創作だと言っているのだ。そして歌集編纂の次第・順序も定まっていない、という。しかし、この歌集は四季・恋・雑と整理されているし、序文にもきちんとした構成意識がある。敢えて自負を隠して、謙遜のポーズを取っている。そして最後は、疱瘡に罹っている最中に目まで患っていた時、枕もとに誰かが美しい紅葉を置いてくれたので、思いあまって詠んだ歌とある。

　　ぼんやりとしか見えない我が目には涙が流れるのだけれど、それでもやはり紅葉の葉は赤
　　く見えたのでした

この歌で「序文」は閉じられるのであって、これに歌番号1をふるのは誤っている。従来からそれが踏襲されているが、どこかで正すべきなのだ。歌集は、正月の春霞の歌を1として209まで番号をふるのがよい（本書では従来のままの歌番号を使用しているが）。最後に病中吟を一首置いて、長い「序文」は閉じられた。

五　（追加）雑歌の序文

歌番号で「恋」の１７０が終わった後に、唐突に「雑」の序文が追加されている。

四季の歌、恋歌とはさるものにおきて、雑《ざふ》ぞいとあはれなる。あるは旅ゆく人の、おもしろきところにつけて、また湖《みづうみ》の片つける山寺の心すごく、尊《たふと》げなるに、木のもとに巡りて経を読むに、声の尊く聞こゆるに、湖《うみ》には舟の漕ぎゆく音も合ひて、あはれなるに、繁れる野の中に、僅かにただ人の行く見ゆ。心細げにて、あむま人馬ばかりゆく、男などゆく。壺坂の上に、木の葉のさしおほえ渡るも、をかしきに、河原よりの物持たせてゆくほどの、あはれなるに、詠みなどすべく、言ひ尽すべうもあらねば、ただ端なり。あるは心細き宿に、つれづれと雨の降るを眺《なが》めゐたるをなむ、眼《まなこ》をば流るる水にたとへり。

四季の歌や恋歌についてはこのようなものとして書き置いたが、「雑歌」こそ感慨深いものがある、と急に追加する。この歌集には、四季歌・恋歌以外に「雑」に当たる歌もあるのに、

「序文」でそれを取り上げなかったのは不備であったと、ここへ来て急遽割り込ませるのだ。「雑歌」は、『万葉集』では相聞・挽歌に並ぶ三大部立の一つだが、平安時代には部立の名称に変化もあり、「雑」は晴の歌というより、述懐や羇旅など様々な雑詠を指すようになる。もともと保憲女は、四季や恋歌より生活臭のあるものや述懐歌のような歌を好む傾向があったので、ここでひと言挟まずにはいられなくなって、「雑歌」の相手どる歌材を並べていく。例えば、旅ゆく人が由緒ありげなところで詠んだり、或いは湖畔の傾斜地に建つ山寺がぞっとするほど寂しく、崇高でもあるところで、木の下を巡りながら経を読む人の声が尊く聞こえ、湖で舟を漕ぐ音と響き合って、しみじみと情趣があるところ。或いは、木々の茂った野の中に、僅かに人がただ一人歩いて行くのが見える。或いは心細そうに白馬一頭だけを牽く人が行く。別に男たちが歩いてゆく。（大和の）壺坂寺の上には、木の葉が覆いかぶさるように広がっているのも面白く、河原から獲れた物を持たせて歩く様子も趣きのあるもので、歌に詠むのがいいのだが、言い尽すこともできないので、ここにはほんの一端を書くだけだ。

或いは心細い宿で、つれづれと雨の降るのをぼんやり見やっている時に、目に溢れる涙を、流れる水に例えたりするのが雑歌なのだ。ここで、尻切れトンボのように終わっている。

これらの点描は、屏風歌の指定のように、目に見える図柄を示して、山里での懐旧・述懐の雰囲気を匂わせているが、「雑歌」への考察はない。

歌と人生にまつわる随筆 ―― 仮名散文の先駆け ――

「雑歌」への序も合わせると、実に九千字に及ぶ文字を連ねて書かれた「序」であるが、これをどう読めばよいのか。

『古今和歌集』で、歌を仮名で表記することが始まり、序文も仮名で書かれてから百年。この間の、仮名で書かれた長い文章といえば、曽祢好忠の「百首歌」の序文など、そして歌日記的なものを拡張した『蜻蛉日記』ぐらいであろうか。貴顕の妻となった『蜻蛉日記』の作者には、書くべき実人生があるので「日記」という形もあり得たろうが、そんなものは何もない保憲女には「日記」という選択肢はない。漢文には慶滋保胤の「池亭記」のように「記」というジャンルがあるのだろうが、女の身には、「歌集」という形しか表現の場はなかったのだ。それも、平安時代の女性にとって自選の歌集を編むこと自体稀有なことなのだが、それに長い序を付けて、歌からはみ出した思いまでも綴ってみようというのが、『賀茂保憲女集』の試みだった。

歌集の序といっても、歌論ふうにではなく、いきなり「我が身の悲しさ」から始める。それもあらゆる階層の人々の中で、と社会全体を見まわし、それだけでなく自然界の鳥獣・草木と比較しても、我が身ほど不幸な境涯はないと位置づける。生家に籠って年をとるしかなかった〈家の女〉の、この社会への広い視野はどこからきたものか。それは、漢籍にも男兄弟たちにも囲まれた文学環境が育んだのであろうし、十世紀の中頃に定数歌の方法を開拓した曽祢好忠からの影響もあったろう。彼らの「百首歌」は、一首の歌だけでは言い足りない、はみ出した意識の言語化を培ったのではないか。序を付けた「百首歌」という形式だけでなく、漢詩文的発想を下敷きにして俗語や万葉語を多用する彼らのやり方も、女ながらに引き継いだのだ。[15]

とりわけ彼ら沈淪の歌人たちの不遇意識の強調は、保憲女が引き継いだものであり、この序文書き出しのテーマとなっている。しかし、曽祢好忠たちの沈淪訴嘆の歌は、訴える先方のある奏状の意味合いもあったのに対して、社会的に無名な保憲女の場合は、世俗に目的を持たな[16]いだけに直截で、純粋に自己の思いの発露であるから、きっぱりと潔い。

人間は本来同類・平等だったのに、貴賤の差が生まれたのは、賢い人は高く愚かな人は低い身分になり下がったというふうに現状を認識している。しかし、身分の高低によって才能の優劣まで決めるのはおかしい、と世の中の不合理をいう。おまけに、後宮や貴顕とも縁のなかった我が身の、報われない思いが前面に出される。そんな不遇で孤独な身でも、歌によって慰められてきたのだ。それらの歌稿を、このまま埋もれさせたくないというのが、（一）で述べられている大まかな内容だ。十世紀末を生きた〈家の女〉の、正直な人間観や人生観が、客観的な視野をもって述べられた、随筆と呼んでもいい文章となっている。

（二）と（三）は、歌論ふうに進められる。四季歌では、季節をめぐる景観を見どころがあると描写しながら、歳事などでの人間模様、世態風俗を描くようになっていく。歳事にまつわる人間の暮らしは、長寿を願う一方で殺生をするなど矛盾に充ちている、と皮肉をこめながら、それでも命永らえれば問題はないと一般論で締めくくる。恋歌では男女の具体相が次々に述べられていく。恋の応答から歌は生まれたという歌の恋愛起源説なのだが、専らそのかけ引きから、結局女は待たされ捨てられる、という展開が力を込めて描かれる。

ここでは、夥しい歌や歌語を引用して進む文飾的な文体が注目される。益田勝実が「かなぶみに型がなかった頃[17]」といった、まさに仮名散文草創期の模索と見えるからだ。日常の言葉を並べるのでは文章にならず、雅語を連ねてこそ成り立つという文章観があったのではないか。とりわけ長い文章を書く上では、長歌の修辞を倣うのが第一歩だったろうが、散文が歌の表現を敷衍する形で紡がれていった形跡を、ここに見ることができる。その長歌を、保憲女は歌集に一首収めているのも、同時代人とは違う。古くは盛んだった長歌は、九五〇年ごろを最後に詠まれなくなっていたのに、彼女の場合、短歌では言い足りない意識が強かったのであろう。

最後の㈣に至って、歌集編纂の直接の動機が「もがさ」に罹ったからだと打ち明ける。若くして「もがさ」で死んだ少将義孝の歌は、残された人々によって編まれたそうだ。けれども、自分は死なずにすんだのだから、自らの手で編纂しておきたいと強く思う。保憲女には、自分の歌は多くの女流歌人たちと少し違っているという自覚もあり、まして長文の序を付けた破格の歌集なのだ。病床で、誰の手も借りずに独りで執筆する姿は、周りの人たちから奇異に見られる対象だった。

ここへきて、自らの文芸観を明確に示している。歌は現実に見えるものを詠むとは限らない。心の中では、冬でも桜が乱れ散るし、夏の日も雪が降り乱れる。そうした心の内なる景色、想像の世界を言葉にするのが歌なのだという。創作とは幻想のイメージを描くものだという自覚が示されている。現に保憲女の歌は、人の見ないものを見て、

わたつみを波のまにまに見渡せば　果てなく見ゆる世の中のうさ　（174）

と詠ったりする。漫々たる大海原を波立つにまかせて見やると、果てしなく世の中の憂さが広がっている。季節外れのものを見るだけでなく、「観念」までも見るのだ。「序文」には、氷に

閉ざされた魚は「冬」を結び込めた網に捉えられている、という文章もあった。

　　涙もて思ひつづけし水茎の　筆の海ともなりにけるかな　（179）

　涙でもって溢れる思いを書き続けていくと、筆の跡が海のようになってしまったことだ。用例のない「筆の海」という表現は、漢詩文の用語「筆海」の日本読みだと指摘されている。[18] しかしそれらは主に、多くの書物・諸々の文献といった広範囲を表す例えとして使われ、直接海をイメージしてはいない。保憲女は、ここでは海そのものに、世の中の苦しみや筆跡を見ているのだ。或いは、大空を一枚の紙に見立てて、筆の跡が空いっぱいに充ちるほどだ、という表現もあった。空も海も、彼女の思いを受け止めるシーンとして言語化されている。

『古今和歌集』の「仮名序」では、歌は「心に思うことを、見るもの聞くものにつけて言ひ出せるなり」とあり、現実に見たり聞いたりする物に託して表すものだといわれていた。保憲女は違う。心を託す対象を、現実に見聞きする物には求めず、心の中の幻の光景をこそ汲み上げて表すものだというのだ。これは虚構の有効性を自覚した発言ともいえるのではないか。

『古今和歌集』時代の歌は、花の散るのを雪と見立てたり、雪に花の散るさまを見たりして、現実とは違う、言葉による想像の世界を創ったことは確かだ。しかしその序文は、それらを意識化して論じてはいない。『古今和歌集』の「仮名序」は、勅撰集奏進のための公的な見解であって、理論は『詩経』など中国詩の借り物だったことは、よくいわれていることだ。

保憲女は詠歌の過程で得た実感を、自前の言葉で考え、未発達な〈仮名ぶみ〉で綴った結果として、想像の世界の優位をいうのだ。また、冬の到来を、

　わたつみに風波たかし　月も日も走り舟して冬の来ぬれば　（107）

と詠んだりもする。波風高い大海原に、月も日も「走り舟」に乗ってやってきた、と。荒海の彼方から、足早に小さな舟が走って来るイメージで、冬の到来を幻視している。

これら、実作で得た確信が、想像力の優位を自らの「歌論」として「序文」に記し留めたのだと思われる。虚の装置の中で心の内を表す有効性を自覚していた、とまでいえるのではないか。それは、もう少しで『源氏物語』「蛍」巻で展開される〈フィクション優位論〉に繋がる考え方だ。「蛍」巻では、光源氏の口を借りて、架空の物語が事実を描く漢文歴史書以上に人間の真実を表し得ると発言させている。虚構の有効性は、「桐壺」巻から虚を構えて物語を紡

いできた紫式部の手応えとしてあったと思われる。保憲女が、物語ほど構築的ではない歌を詠んで得たことは、「蛍」巻の物語論ほど明確ではないかも知れない。しかし、詠歌に加えて長い文章を綴る面白さを手にいれた作者が、虚構の有効性を自覚していたとは、画期的なことだ。

もとより、保憲女の全体像を論ずるなら二〇九首の歌すべてを丁寧に読み取るべきなのだが、本書では最初から「序文」への探求なのであり、歌に関しては論考が多く出るようになり、私の任ではないのでそこには踏み込まない。

岡一男が七十年前に、誰も知らなかった『賀茂保憲女集』を紹介して、その序文を「文芸評論らしきもの」とも「エッセイ文芸の先駆」とも見通した論文が出発となって、私のこれまでは、結局それを検証する道程であったように思う。未成熟な「仮名散文」で綴った文章は、彼女自身がいっているように賢明さにも理路にも欠けるが、〈仮名ぶみ〉で思索した結果が、相対的な視点のある批評性をも獲得していったのではないか。歌論の形を借りたエッセイ文芸と呼んでもいい作品なのだ。さらに、日本の文芸で評論と呼べるものは何があるのか、とりわけ「中世歌論」より前の時代に求めることの困難をいわれることがある。仮名の文章に評論は向かないとも。それは理路整然とはしていないが、保憲女の歌集「序文」には、借り物ではない自前の言葉で思索した手探りの跡が留められている。そこにある文芸評論文の萌芽は、正しく評価されてもいいのだ。

また、平安女流文学は「宮仕え女房」によって担われた、とはよくいわれることだが、フィクションを生み出した温床は〈家の女〉の側にあったことも強調しておきたい。紫式部は『源氏物語』の作者として後宮に迎えられたが、もともとの創作の源は〈家の女〉の時期にあったのだ。壮大なフィクションを生むには漢詩文の影響も大きかったが、閉塞された境遇から生まれた想像力が何よりも源泉となったのは確かだ。そのような紫式部に繫がる先駆けとして、賀茂保憲女の創作はあったのであり、紫式部の先達と位置づけてもいいだろう。

注

(1) 岡一男「賀茂保憲女とその作品」(『国文学研究』一九五〇年一一月。→『古典の再評価』一九六八年)

(2) 稲賀敬二「賀茂保憲女集・諸本の形態とその本性」(『和歌文学新論』一九八二年)。『新編 国歌大観』の底本を、流布本系統A類の榊原家本としている。

(3) 益田勝実「源氏物語の荷ひ手」(『日本文学史研究』一九五一年四月。→『益田勝実の仕事2』二〇〇六年)。そこでは、平安女流文学の母胎が「宮仕え女房」なのではなく、〈家の女〉の憧憬の方にあったと説かれている。

(4) 三田村雅子「賀茂保憲女集の位相―〈鳥〉の表象・歌から序へ―」(『和歌文学新論』一九八二年)、武内はる恵「「賀茂保憲女集」考」(『古典和歌論叢』一九八八年)など。

(5) 橘在列「秋夜感懐」(『本朝文粋』巻一)

(6) 慶滋保胤「池亭記」(『本朝文粋』巻十二)

(7) 藤岡忠美によれば、源順や曽祢好忠の長歌・百首歌は私的な性格を持つが、漢文の「奏状」に代わる目的を持った和歌であると説かれている(『平安和歌史論』一九六六年)。

(8) 久保木寿子「賀茂保憲女集試論―初期百首と暦的観念―」(『文学・語学』一九九五年八月)

(9) 『伊勢物語』十三段には、武蔵からの文(ふみ)の上書に「武蔵鐙」と書いて「ふみ」の意味を持たせている。女からの歌二首は、どちらも「武蔵鐙」が「―かけて」を導いている。

(10) 『古今和歌集』　1044「紅に染めし心も頼まれず人をあくには移るてふなり」
1093「君をおきてあだし心をわが持たば末の松山波も越えなむ」

(11) 『日本書紀』神代上、イザナキとイザナミの結婚の項「第五書」に、「にはくなぶり」(セキレイ)が「とつぎの道」を教えたなどとある。

(12) 恋の贈答歌のはじめに挙げられた歌は、『古今和歌集』の仮名序で、歌の父母とされた二首である。「難波津に咲くや木の花冬ごもり今は春べと咲くや木の花」「安積山影さへ見ゆる山の井の浅き心をわが思はなくに」。このあたりから古歌を踏まえた表記が多い点に関しては、引用歌を調べた報告が川嶋明子(「賀茂保憲女研究(三)―その作風への照明」一九六二年三月)や渦巻恵(「賀茂保憲女集における万葉歌摂取」一九九七年一月)などによってなされている。

（13）『伊勢物語』百二十段に、「近江なる筑摩の祭とくせなむつれなき人の鍋のかず見む」とある。過去に関係をもった男の数だけ鍋をかぶる習俗であり、その数を偽れば神罰を蒙るという、女からいえば恨みの対象なのだ。

（14）保憲女の罹った「もがさ」が、九九八年の「麻疹」ではないかという説は、川嶋明子、松平盟子などによっていわれ、鈴木美恵子は医学史の服部敏良を援用して、合併症があったと読めるから「赤もがさ」の方ではないかと論じている（「『賀茂保憲女集』に関する覚え書き「もかさ」について」一九九五年三月）。しかし、九九八年の「麻疹」は『栄華物語』（浦々の別）では、一貫して「赤瘡《がさ》」と書かれているし、九七四年の「もがさ」流行への思い入れと合わせ考えると、保憲女自身が「もがさ」と記しているのだから、九九三年の流行時と考えていいように思う。

（15）金子英世「初期百首の季節詠—その趣向と性格について—」（『国語と国文学』一九九三年八月）

（16）（注7）に同じ。

（17）益田勝実「かなぶみに型がなかった頃—『紫式部日記』作者の表現の模索—」（『国語と国文学』一九八四年五月。↓『益田勝実の仕事2』二〇〇六年）。ここでは主に『紫式部日記』を対象に〈仮名ぶみ〉の様式模索が探られていたが、仮名散文草創期の模索といえば、保憲女にこそ当てはまる考え方だと思われる。

（18）中島絵里子「『賀茂保憲女集』の研究—保憲女の漢詩文受容と家意識—」（『日本文学研究』一九九七年三月）

「序文」語彙索引

凡　例

・この索引は、『新編 国歌大観』「賀茂保憲女集」の序文中の、注意すべき語を適宜抽出して項目を立てたものである。
・本文は、仮名書きの原文に漢字を当てて作成したものだが、仮名表記をそのまま残した語も多い。この索引では、そのような仮名書きの語に漢字を補ってカッコ内に示した場合もある。
・単語を原則としているが、連語にしたものもある。
・活用語は、原則として終止形で記した。
・抽出した語は五十音順で配列し、用例すべての頁数を記した。（同頁に複数例の場合は、それを示さない。）

―あ行―

―か行―

―や行―

参考文献

岡　一男「賀茂保憲女とその作品」(『国文学研究』一九五〇年一一月。→『古典の再評価』一九六八年)

益田　勝実「源氏物語の荷ひ手」(『日本文学史研究』一九五一年四月。→『益田勝実の仕事2』二〇〇六年)

川嶋(藤田)明子「賀茂保憲女研究(一)―輔親をめぐる問題―」(『国語国文研究』一九六〇年一〇月)、「賀茂保憲女研究(二)―その出自と眷属―」(同。一九六一年三月)、「賀茂保憲女研究(三)―その作風への照明―」(同。一九六二年三月)、「賀茂保憲女研究(四)―家集序文をめぐって―」(同。一九六四年二月)

玉井　幸助『日記文学の研究』一九六五年

藤岡　忠美「曽禰好忠ら受領歌人の論」(『平安和歌史論　三代集時代の基調』一九六六年)

守屋　省吾『賀茂保憲女集』と道綱母における私家集纂集の近似性」（『蜻蛉日記形成論』一九七五年）
小町谷照彦「うたびと—賀茂保憲女集」（『国文学』一九七五年一二月）
藤岡　忠美「文章生の娘たちの創造—紫式部・和泉式部・賀茂保憲女—」（岩波講座『文学6　表現の方法3』一九七六年）
磯村順子、内藤直子他「『賀茂保憲女集』研究ノート（一）（二）（三）」（『金城国文』一九八一年三月〜四年三月）
稲賀　敬二「賀茂保憲女集・諸本の形態とその本性」（『和歌文学新論』一九八二年）
三田村雅子「賀茂保憲女集の位相—〈鳥〉の表象・歌から序へ—」（『和歌文学新論』一九八二年）
三田村雅子「賀茂保憲女—水と空の凝視—」（『国文学解釈と鑑賞』一九八六年一一月）
三田村雅子「孤独の解析—岡一男における賀茂保憲女—」（『平安文学研究』一九八七年一〇月）
木村　正中「紀貫之・藤原輔相・賀茂保憲女—往時の人気作家たち—」（『短歌研究』一九八八年二月）
武内はる恵「「賀茂保憲女集」考」（『古典和歌論叢』一九八八年）
松平文庫影印叢書　第十二巻『私家集編一　小馬命婦集／西宮左大臣集／賀茂保憲女集／紫式

部集／公任集／女房相模集』（一九九七年）
金子　英世「初期百首の季節詠―その趣向と性格について―」（『国語と国文学』一九九三年八月）
鈴木美恵子『賀茂保憲女集』に関する覚え書き「もかさ」について」（『金城学院大学大学院文学研究科論集』一九九五年三月）
久保木寿子「賀茂保憲女集試論―初期百首と暦的観念―」（『文学・語学』一九九五年八月）
渦巻　恵「『賀茂保憲女集」再評価」（『中古文学』一九九六年五月）
渦巻　恵「賀茂保憲女集における万葉歌摂取」（『日本古典文学の諸相』一九九七年）
中島絵里子『『賀茂保憲女集』の研究―保憲女の漢詩文受容と家意識―」（梅光女学院大学『日本文学研究』一九九七年三月）
片桐洋一・田中登「賀茂女集 解題」（冷泉家時雨亭叢書『平安私家集五』一九九七年）
武田　早苗「賀茂保憲女集 解説」（和歌文学大系20『賀茂保憲女集／赤染衛門集／清少納言集／紫式部集／藤三位集』二〇〇〇年）
小塩　豊美「『賀茂保憲女集』研究―縁者の伝記小考―」（『日本文学研究』二〇〇一年二月）
天野紀代子「大空に描く―賀茂保憲女と紫式部―」（『むらさき』二〇〇六年一二月）
渦巻　恵　新注和歌文学叢書15『賀茂保憲女集新注』（二〇一五年）

＊

増田　敏夫「慶滋保胤傳攷」（『国語国文』一九六四年六月）
角田　文衛「慶滋保胤の池亭」（『王朝の映像―平安時代史の研究―』一九七〇年）
柳井　滋「保胤と「池亭記」」（『国語と国文学』一九八一年一二月）
後藤　昭雄「「勧学会記」について」（『国語と国文学』一九八六年六月）
後藤　昭雄「慶滋保胤」（岩波講座『日本文学と仏教』第一巻、一九九三年）
大曾根章介「「池亭記」論」（『王朝漢文学論攷―『本朝文粋』の研究―』一九九四年）
平林　盛得「大陸渡来の往生伝と慶滋保胤」（『慶滋保胤と浄土思想』二〇〇一年）
須田　千里「幸田露伴『連環記』と『大日本史』」（奈良女子大学日本アジア言語文化学会『叙説』二〇一一年三月）

あとがき

大学の職を退いて十年、心は隠居していましたので、新たに本を刊行するなど思ってもいないことでした。この間、もと同僚を中心に専攻領域や時代の異なる人たちと、ゆるやかな研究会を続けてきた流れで、近代文学の勝又浩さんから誘われて、彼らの文芸誌『季刊文科』にエッセイを載せてもらいました。続けて同誌に慶滋保胤《よししげのやすたね》について書いていたのが二〇二〇年、コロナ禍の夏のことでした。何を書いてもよかったのですが、両篇とも図らずも賀茂保憲女《かものやすのりのむすめ》を紹介する形になって（それが、本書最初の二篇です）、ハタと思い至ったのです。一般読者のみならず平安時代の専攻者でも、保憲女のとりわけ歌集の「序文」を読んだ人が少ないのは、いいテキストがないからなのだ。私にも、残された仕事があるのではないかと。

そもそも『賀茂保憲女集《かものやすのりじょしゅう》』と出会ったのは、今から四十年以上も前の法政大学大学院の益田勝実教室だったと思います。益田先生はその頃、〈仮名ぶみ草創期の模索〉というのがテーマの一つでしたので話題にされたのでしょう。教室で本文は読みませんでしたが、一九八〇年代になってこの歌集が『新編 国歌大観』に収録された段階で、仲間たち数名で「序文解読」の研究会を持ちました。読み解けない部分は放ったままという態度でしたが、それでも面白いところを捉えて、二、三の論文を発表してきたのが個人的な研究歴です。「序文」全文にきちんと対してこなかったことに、心が残っていました。その後のこの歌集の研究動向を見てみると、〈参考文献〉に示したとおり詳細な研究は進み、「全注釈」が出るまでに至っています。けれども、それらは専門性の高い論文や書籍で、このテキストを読んでみたい人に供するような方向性ではありません。読みやすい「序文」の本文と、その解釈を提示するのが私の務めではないか、と勝手に決めて、ひたすら書いて過ごしたのが、家に籠るしかなかったコロナ禍の秋のことです。

平安時代にも感染症の流行は度々あり、摂政の息子二人が疱瘡《もがさ》に罹って、兄は朝に弟は夕べに亡くなったという例などは有名です。保憲女も同じ病に罹患した病床で、死を免れたのだから歌集を自分で編んでおきたいと思い立ち、長い「序文」を綴ったのです。その内容のおもしろさ、このようには誰も書いたことのない「仮名散文」の先駆性、などはもっと評価されてもいい、というのが私の願いでもありました。今から千年以上も前に、生家に籠ったまま老年を迎えた〈家の女〉の試みが、いずれは紫式部の創作にも繋がっていったことも書きたかったことです。災禍がらみで妙に思い入れ強く、保憲女の独特な個性に向き合った月日でした。

そんな二〇二〇年の暮れに突然の申し出を受けて下さり、新典社の「選書」に加えて下さった社長の岡元学実さんと、お世話になった田代幸子さん、原田雅子さんに、この場を借りてお礼申しあげます。有難うございました。

二〇二一年一月

天野　紀代子

天野　紀代子（あまの　きよこ）
元 法政大学文学部教授
1940年　東京都に生まれる
1968年　法政大学大学院修士課程修了
主　著『大斎院前の御集全釈』（2009年5月，風間書房）
『跳んだ『源氏物語』—死と哀悼の表現—』（2009年9月，新典社）
『源氏物語 仮名ぶみの熟成』（2011年9月，新典社）
共編著『益田勝実の仕事1～5』（2006年2～6月，筑摩書房）など

賀茂保憲女《かものやすのりのむすめ》　紫式部《むらさきしきぶ》の先達《せんだつ》　新典社選書 101

2021 年 5 月 9 日　初刷発行

著　者　天 野　紀 代 子
発行者　岡 元　学 実

発行所　株式会社　新 典 社

〒101－0051　東京都千代田区神田神保町1－44－11
営業部　03－3233－8051　編集部　03－3233－8052
ＦＡＸ　03－3233－8053　振　替　00170－0－26932

印刷所 惠友印刷㈱　製本所 牧製本印刷㈱

ISBN 978-4-7879-6851-7 C1395
https://shintensha.co.jp/　E-Mail:info@shintensha.co.jp